私の
知的遍歴

―哲学・時代・創見―

山脇直司

デーリー東北新聞社

はしがき

本書ができた経緯は「あとがき」を読んでいただくことにして、ここでは読者の方々に本書のあらましと読み方だけをお伝えしよう。

本書は、以下のような構成で成り立っている。

第一部　やや軽いタッチで書かれた、幼少時代から高校までの歩みと想い出

第二部　かなり硬い内容の、大学から現在に至る知的自伝 intellectual life history

第三部　極めて真摯《しんし》な内容の、コラムやスピーチ

第一部と第二部から成る自分史は、決してサクセス・ストーリーとして記したのではない。あらゆる人の人生にデコボコがあるように、私は「私

の人生のデコボコを素直に描きたかった」のと、「私がこれまで生きた時代をどう理解したか」をまとめたかったことが大きなモチーフとなっている。その内容は確かにユニーク（唯一無二）ではあるが、読者の方々との何らかの接点、共通性、普遍性も含んでいると信じたい。そして第三部は、八戸市の有力紙『デーリー東北』に、２０１３年から15年まで掲載された月間コラム「私見創見」に、それ以前に行ったスピーチや、それ以降に記した小論を加えたもので、私なりの時代状況への発言集である。

私が部分的に影響を受けた大哲学者ヘーゲルは、「個人に関していえば、誰でももともと時代の子であるが、哲学もまた、その時代を思想のうちにとらえたものである」（『法の哲学Ｉ』序文27頁、中央公論新社）と述べており、ヘーゲルのような大それた思索など到底できない私としても、哲学は時代に関係ない永遠のテーマを追求することだと考える人々と異なり、ヘーゲル同様に「哲学することと時代を認識することは不可分」という考えを抱いている。その一方において、第二部の終わりの部分で述べるように、あと1年半で古希を迎えるとはいえ、私の知的遍歴は未完であり、健康が許す限り、知の遍歴はこれからも続くであろう。ある意味でヘーゲルとは対極の実存哲学を展開したヤスパースの言葉を借りれば、「哲学とは途上にあること」を意味する（『哲学入門』16頁、新潮社）からだ。

おそらく、本書に接する読者の方々の関心は多様であろう。軽妙に書かれた第一部だけに心を惹かれる方々もおられるだろうし、かなりアカデミックな内容の第二部に興味を持たれる方々もおられるだろう。また、原発、平和、教育、共生などの公共的諸問題に関する私の考えをまとめた第三部に関心を持たれる方々もおられるだろう。そうした推測に鑑み、本書はどこから読み始めてもよい構成になっている。退屈な部分は飛ばし、興味のある箇所だけを拾い読みしていただきたい。

目次

第二部　大学時代から現在までの知的遍歴 ―かなり、お硬く―

第三部「私見創見」を中心に ―極めて、真摯に―

デーリー東北コラム「私見創見」

第一部

幼少期から高校までの想い出

―やや、軽やかに―

複雑だが和やかだった家庭・親族

物心がついたのは、ある小児科の横の小路を通った所にある平屋建ての一軒家だった。そこは八戸市の繁華街に近い馬場町《ばばちょう》に位置していたが、周りは落ち着いた街並みだった。

家には、母親らしき2人の女性と、父親らしき1人の男性がいて、比較的和やかな雰囲気の中、存分に甘えさせてもらっていた。2人の女性は姉妹だったが、最初どちらが母親として私に接していたのか記憶がはっきりしない。覚えているのは、いつの間にやら、おんぶやだっこをしてもらっていたのが姉から妹に変わったことであった。後で知ったことだが、ある事情で母が途中で入れ替わったのだそうだ。また、父親も実際は養父だが、私が幼い頃に戸籍上の実父になった。実父が誰か、後で知らせてもらったが、私は写真でしか見たことがない。実父は確かに日本人ではなく、それ故に私は、今の言葉では「ハーフ（ダブル）」、当時の言葉では「合いの子」なのだが、それを他人に言われてもどうしようもないことなので、気にしないよう努めるようにした。

いずれにせよ、このように入り組んでいるので、以下では単に養父を父、実母を伯母、養母を母と呼ぶことにしよう。伯母は聾学校の教師で、少しピリピリした性格。それは私の性格に近かった。母は10人きょうだいの末っ子で、おっとりしてアバウトな性格。子ども好きなため、私は甘えっ子として育ててもらった。伯母と母方のきょうだいは、地元のミニコミ誌の記者、普通のサラリーマン、芸

1歳の誕生日に写真に収まる筆者

小学1年時の筆者。右が養母、左後ろが実母

（前列左から）養母、筆者を抱く養父、祖母。後列左端が実母

術家肌の学校の先生、外交販売員、専業主婦と、多様な職種や肩書だったが、親族の行事があれば長男か二男の家に集まって団欒するなど、仲睦まじい間柄だった。

その10人きょうだいの母親、私にとってのお婆さんは、遠く離れた宮城県栗原郡の娘の家に住んでおり、蒸気機関車に乗って両親と共にそこを訪れる旅は、幼心にワクワクするものだった。その優しいお婆さんが亡くなった時、伯母も母も大泣きしていた。お婆さんは、何か縁あってキリスト教（カトリック）の洗礼を受けていたために、長者山《ちょうじゃさん》のお寺のお墓に十字架を立てたことを覚えている。その影響で伯母と母はカトリックの洗礼を受けており、私も幼児洗礼を受けさせられたが、10人きょうだいの中で洗礼を受けたのは3人ぐらいで、あとは無宗教。ミニコミ誌の記者だった長男は「耶《や》蘇《そ》」という言葉で妹に当たる伯母をからかい、憤慨させていた。

父親の方は青森県平内町出身で、真面目な県の公務員。言葉も少し津軽弁が混じっていた。基本的に子煩悩だったが、仕事でストレスがあると、家でも不機嫌になって母に当たり散らしたり、急に無口になったりするので、閉口することも少なくなかった。

私の記憶にある父の最初の職場は保健所で、時々遊び気分で訪ねた。実直な職員の他、恰幅のいい婦長さんや、当時としては珍しい茶髪の女子職員がいて、優しく「直ちゃん」と言葉を掛けてくれるなど、家庭的な雰囲気があった。その後、父は青森市に単身赴任したり、三八地方の福祉事務所長を務めたりしたが、小学校しか卒業していない自分がここまで出世したことに矜持を抱いているようだった。なお、父は若い頃に東京でプロテスタント教会に通ったが、偽善の匂いを感じて無宗教になったそうだ。

さて、家庭の事情はこのくらいにして、私の幼稚園から小学校卒業までの幼い記憶をたどってみよう。

楽しかった幼稚園時代

1950年代前半に、物心がついた馬場町からバスで通った塩町《しおちょう》のイメルダ幼稚園は、活気溢れる雰囲気だった。先生方は、パワーに満ちた小西園長、若くて溌剌とした吉田先生、落ち着いた印象の大牧先生らのチームワークが素晴らしく、たくさんの歌や遊戯を教わるなど、密度の濃い毎日が続いたように思う。私は3月26日生まれのためか、皆の言動についていくのに少し苦労したが、いろいろな園児がいて楽しかった。

先生方の園児に対する接し方は、基本的に優しく、時には厳しくだったように思う。全員が正座して行われる朝礼中に、何度注意されても騒いでいる子が別室に引きずり出されていった光景はよく覚えているし、私はとても可愛がってもらったが、衝動的に悪戯をした時はピシッと叱られた。その意味で先生方はフェアーだった。

いずれにせよ、私は悪ガキを含めた多様な同期の園児たちと交わり、初歩の社会性というものを学んだ。その想い出は総じて楽しかったと言ってよい。数年前八戸市に帰った時に、ご存命の吉田（現在藤田）先生にお会いしたが、ご高齢にもかかわらず、あの時の若々しい姿が浮かび、60年のギャップを感じなかったのも、楽しい想い出が多かったからに違いない。

鮫町の有名人—秋山皐二郎氏と村　次郎氏

さて、子ども時代の楽しみの一つは、バスで鮫《さめ》町の秋山皐二郎氏宅に出掛けることだった。海猫の繁殖地として有名な「蕪島」を有する鮫町は遠隔地にあり、1929年に合併により八戸市になった。そこには、県会議員後に長らく八戸市長を務め、八戸市名誉市民となった秋山氏のご自宅があり、秋山夫人が母の八戸高等女学校（現八戸東高校）の同級生だったために、年何回かはそのお宅を訪れる縁を持ったのである。

当時の市営バスで市街から鮫町に行くのにはかなりの時間がかかったが、窓から見る途中の景色―旧市街から八戸線の踏切を越え、セメント工場が見える新井田川の橋を渡って、今は全国のグルメファンの間で有名になった陸奥湊駅近辺の狭い道を通って、当時はごちゃごちゃしていた白銀《しろがね》町（後でも触れるが、大火が起こって街並みが整備された町）を経て、海岸の見える鮫町に至る光景―は、変化に富んでいて見飽きなかった。

秋山夫人と母が話している最中は、同年の雅也君たちと遊ぶことが多かった。時々現れる秋山氏（当時は確か県会議員）は恰幅がよく、些細《ささい》なことには動じない堂々とした雰囲気があった。後に5期にわたって八戸市長を務め、地方発展に多大な貢献をして、広く市民から信頼される方と幼い頃から知り合いになれたのは幸運だったと思っている。

鮫町でご縁があった有名人がもう一人いた。それは秋山氏宅の隣にあった旅館石田屋のご主人、石田實氏、別名は詩人の村《むら》 次郎氏である。今は幻の詩人として、また言語学や民俗芸能研究者として知られている村 次郎氏とは、幼少時にはあまり話したことはなく、本格的に彼の旅館の書斎部屋で彼の文学論や思想論を聞いたのは私が大学生になってからだが、ここで彼の想い出を語っておこう。

慶応ボーイだった村 次郎氏は、戦前に福永武彦、柴田錬三郎、中村真一郎、加藤周一らが刊行した同人誌で文芸運動に関わり、抒情派の詩人として多くの作品を発表した。だが戦後は、旅館業を引き継ぐために八戸市に戻り、黙々と仕事をする傍らで諦め切れない詩作を続け、フランス思想や日本の思想、種差海岸の植物の研究も行っていた。私は彼の書斎を訪れるたびに、彼の持説に付き合わされ、旺盛な知的関心に驚かされた。彼は、ヴァレリーやクローデルからサルトルやレヴィ＝ストロースに至るフランス思想のみならず、日本文化と日本語論に強い興味を持っていた。柳田国男、折口信夫、吉本隆明、司馬遼太郎などの思想家について滔々《とうとう》と八戸弁で論じる姿に圧倒される思いであった。

近年ようやく、この稀有なる詩人の全集が刊行されて再評価され始めたので、彼の生涯についての戯曲を我が畏友で地元のスターの柾谷伸夫君に書いてもらいたいものである。

種差海岸と階上岳

さて、私の心に今でも残る美しい光景を選ぶとしたら、第一に種差海岸、第二に階上岳《はしかみだけ》である。近年やっと三陸復興国立公園の北の玄関口に組み込まれた種差海岸には、伯母や母方のいとこたちとよく出掛けた。海岸に打ち寄せる波の音を聞きながら、ごつごつした岩の連なりを歩き、美しく広がる天然芝に寝そべるのは実に気持ちよく、行けば行くほど好きになった。

思うに、このような種差海岸の光景は全国でも稀であろう。司馬遼太郎が「宇宙人に地球の美しさを教えなければならない時は、最初に種差海岸を案内する」という内容の一節を残しているが、決して誇張ではない響きを持っている。また、東山魁夷が有名な絵「道」を描いた時、この種差海岸を思い浮かべていたという話も興味深い。芸術的インスピレーションを与えるだけの奥深い趣を種差海岸は持っている。

然《しか》るにこの海岸が全国的にあまり知られていないことに私は長らく不満を覚えてきた。ようやく近年、八戸市も広報に力を入れ始め、東京の「みどりの窓口」や「びゅうプラザ」などで種差海岸のポスターを目にするようになったが、もっと知られてよいように思う。貴重な植物が生息している種差海岸を歩きながら、グローバルなレベルで論じられている生物多様性について考えを巡らすのも悪くない。三陸海岸を南下すれば、NHK連続テレビ小説「あまちゃん」で全国的に有名になった久慈市や、その先には北山崎の絶景もある。ジオパークを巡る環境をもっと整え、地域の子どもたちのためのみならず、大人の生涯学習の場として活用できるようにするなど、三陸復興国立公園の北の玄関口を充実させてもらいたいものだ。

階上岳は、種差海岸に比べ全国的には無名だが、八戸市に住む人ならば誰でも知っている、横にだだっ広く「臥牛《がぎゅう》の山」とも呼ばれる標高800メートル足らずの山である。

なぜ私がこの山の光景が印象に残るかといえば、小学生から高校生に至るまで住んだ2階建てのアパートから、毎日のようにこの山を見て過ごしたからである。ちょうど小学校に入る時、私の一家は、市の中心街にある馬場町から類家《るいけ》の広大な田んぼ地帯に接する青葉町《あおばちょう》に転居した。その2階から見る田んぼ地帯の背後に広がる階上岳の姿は、まさに絵画のようであった。そして、石灰石をセメント工場に運ぶトロッコのリズミカルな音がそれに加わると、何か別世界にいる心地になった。残念ながら類家の田んぼ地帯は、私の高校卒業と同時に都市開発のため埋め立てられ、今は見る影もない。しかし、私が小さい頃見た詩情に満ちた光景は今も脳裏に焼き付いている。

では次に、青葉町で過ごした小中高時代の想い出を、順にたどってみよう。

忘れ難き小学校

小学校は普通の公立ではなく、カナダのケベックを本拠とする聖ウルスラ修道会が経営する、下組町《しもくみちょう》にあった私立の白菊学園小学校に通った。クラス仲間が十数人にすぎなかったこの学校での想い出は数多い。

まず、カトリック教会の現代史を知らない方に説明しておくと、第2バチカン公会議という世界的な会議が1962年から65年まで開かれ、それまでラテン語だったミサがそれぞれの国の言葉で行われるようになり、教義がリベラル化されて戒律も厳しくなくなり、信仰も独善的なものから、多宗教を含めた万人に開かれたものになった。しかし私が小学校に通った50年代後半（昭和30年代前半）は、第2バチカン公会議以前であり、修道女は厳格な規律を児童たちにも要求する傾向にあった。

当時の校長先生はメディアトレスという修道女の方で、人懐っこい一面を見せる反面、規律を逸脱した児童には容赦なく（女子も含め）革の鞭で手の甲を叩く体罰を与えることもあった。私はあえて優等生として振る舞っていたためか、その罰を被ったことはなかったが、罰を頂戴した同級生たちと会うと、今でもその話で盛り上がる（ちなみに、子どもの人権という観点から欧米の多くの学校で体罰が禁止されるようになったのは80年代になってからであり、当時の欧米ではこのような体罰は珍しくなかったことを付け加えておきたい）。

小学6年時の筆者

他方、後に校長になったメール・ウゲット先生は、背が高く気品溢れるシスターで、児童たちにも優しく、音楽の授業を担当していた。彼女からはいろいろな歌を教わったが、特に鎮守の神様を称《たた》えた「村祭り」の指導は忘れ難く、今では「多文化共生理解教育」のモデルになるのではないかと思っている。

このお二人は、私が卒業して程なくケベックに帰られたが、後の83年8月にモントリオールで開かれた世界哲学大会に参加した際に、私がケベックのリムスキーまで出掛け、お会いできた。その時にウゲット先生が運転して、フランス人の哲学者と共にガスペ半島を2日がかりで一周したのは実に楽しかった。

言うまでもなく、ケベックの母語は独特のなまりを持ったフランス語である。カナダの大半の州では英語が話されるのに対し、ケベックに住む多くの人がフランス語を母語とするために、ケベックのカナダからの独立運動も当時は盛んであった。この問題をウゲット先生にどう思うか尋ねたところ、「絶対にノン（ノー）」という答えであった。また当時のアメリカのレーガン政権にすこぶる批判的で、「自分はカトリックの修道女だが、政治的にはナショナリズムに反対するコスモポリタン・リベラルだ」と話していた。90年代以降のカナダは、リベラルな多文

ケベックで再会したメディアトレス先生（写真上・左）と
メール・ウゲット先生（写真下・右）＝1983年

化主義のメッカとなったが、実際に自分自身の体験を基にこのテーマを考えることができるのはありがたく思う。

ところで、カナダへの旅行の際に利用したのは大韓航空で、カナダから帰国する2日前にシベリア沖で同じ便がソビエト軍によって爆破されるという事件（83年9月1日）が起きた。もし私がケベックへの旅をしていなかったら、爆破された便に搭乗していたかもしれないと思うと、（少し不謹慎な言い方を許してもらえば）神の加護を感じた次第である。

さて白菊学園小学校の想い出を続けよう。1年生の時のクラス担任は、後に学校法人光星学院の理事長になった中村キヤ先生であった。きびきびした態度で児童たちに接していたことが印象深い。2年生の半ばから4年生までは、短大を出たばかりの若い女性の先生だった。爽やかな振る舞いと、脱線した児童を叱った後もそのケアを決して忘れない優しさが記憶に残っている。その先生は、小学校を去った後は修道女の道を選び、しばしばお会いする機会を持ったが、今はどうしておられるだろうか。対照的に、5年と6年時は東北大学を出た熱血漢の男性教師が担任で、特に成績にはうるさく、皆と同じく私も背中をどやされたりした。その後、仙台市に帰ってからも熱血教師を続け、近年亡くなったと聞いている。他には、担任でなかったが、後に校長となられたシスター小田の威厳ある態度も想い出深い。

卒業時のクラスメートはわずか11人だったが、運動能力に秀でた仲間も多かった。遊び時間に相撲を取った相手の中で私がどうしても勝てなかった柴田覚《さとる》君は、八戸工業高校のレスリング部に入り、全国高校総合体育大会で優勝し、専修大学に進んでからも、もう少しでメキシコオリンピック代表に選ばれるところまで活躍した。また田中収《あつむ》君は、背は低かったものの身体が頑強かつ柔軟で、中学校時代に器械体操の県大会で優勝した。他に、運動会のマラソンでいつも1位になり、自転車競技の全国高校チャンピオンになった1年後輩もいたし、児童数の割合から考えると、スポーツでの活躍度は大したものだと思う。

私自身は、短距離競走とソフトボールや野球が得意だった。ただ5年生の時、マスクをかぶらないでキャッチャーをした際に、打者が投げたバットが瞼を直撃し、それ以来、キャッチャーが怖くてなかなかできなくなったことを覚えている。

他には、実にひょうきんで親しかった中村彰良君の想い出も満載である。また、同じ机に隣り合った菅原（現在鈴木）陽子さんは、八戸で屈指のモダン・アーチストとなり活躍しているが、当時から感受性豊かで絵がうまかった。

最後の淡い想い出として、白菊学園小学校の2年後輩であり、現在八戸市長として大活躍している小林眞君を挙げなければならない。白銀町から遠路バスで下組町まで通った小林君とは話したことはなかったが、芯の強そうな面影は確かに記憶に残っており、現在のタフな仕事ぶりもその頃に培われたのではないかと密かに思っている。

この白菊学園小学校は、70年代には田面木《たものき》地区に移転し、校名も八戸聖ウルスラ学院小学校に変わったが、入学者激減のため残念ながら廃校になった。しかし、ここで体験した貴重な想い出は実に得難いもので感謝している。

小学校時代の他の想い出

学校以外での小学校時代の想い出を挙げてみよう。

三社大祭とえんぶりなど

まず八戸市ならではの想い出は、何といっても八戸三社大祭とえんぶりという二つのお祭りを味わえたことである。えんぶりは1979年、三社大祭は2004年に国の重要無形民俗文化財となり、三社大祭は昨年（16年）ユネスコの無形文化遺産の一つになった。

5日にわたる三社大祭の開幕日は現在7月31日だが、当時は9月1日、次いで8月21日で、夏の終わりと秋の到来を象徴するお祭りだった。子どもたちが叩く太鼓の音と共に奏でられる哀愁を帯びた笛のメロディー、伝統的な昔話をかたどった豪華な山車、それを引っ張る子どもたちの掛け声、合間に入る虎舞やお神楽など、2時間に及ぶお通りの時間はあっという間に過ぎ去っていた。このお祭りは各神社に属する町内が山車を作って競い合う行事でもあり、今年の1位はどれだろうかと想像するのも楽しみだった。

お祭りの中日に長者山で行われる騎馬打毬《きばだきゅう》は、馬に乗った騎手たちが球を投げ合うゲームで、八戸市以外では宮内庁と山形県にしか残っていない由緒ある行事のためか、全国から多くの馬文化愛好者が訪れる。私が現在勤める星槎《せいさ》大学で働いている三橋國嶺さんも馬文化愛好者で、昨年初めて観戦し喜ばれていた。ユネスコの無形文化遺産に登録されたのを機に、三社大祭も青森ねぶた祭に負けないだけの集客を目指してほしいと願っている。

毎年2月17日から行われるえんぶりは、三社大祭に比べ地味で、初めはその意味がよく分からなかった。しかし成長してから、それが文化的に大きな意味を持つ、収穫を祈るお祭りだということを学び、見ていて大変良かったと思うようになった。最近では柾谷伸夫君の解説付きで「お庭えんぶり」なるものも期間中に開かれ、好評を博しているし、比較民俗学的観点から「グローカル（この言葉の意味は本書第三部の「私見創見」で詳述する）な文化財」として、もっと研究されてほしい八戸の文化遺産だと思う。

ローカルな文化遺産といえば、夏の早朝に長者山で開かれる「森のおとぎ会」も想い出深い。眠い目をこすりながら聞いたお伽話は、岩手県遠野地方の民話に通じるものがあり、貴重である。ラジオから流れる正部家種康《しょうぶけたねやす》氏の民話の想い出もあり、つくづく八戸は、ドイツ語で言うメルヘンハフト（民話的、童話的）な街だと思う。そして、この伝統を継承している柾谷君に敬意を表したい。

旅行の想い出と社会への関心

私が遠くに行くことを好きだったためか、小学校時代の一番の得意科目は地理だった（しかし中高と進むにつれ、なぜか地理は苦手科目に転じた）。小学校時代に経験した旅行の想い出は、５年生の時に憧れの東京と箱根に父に連れていってもらったことと、６年生の時の函館への修学旅行だった。はとバスで周った東京はさほど印象に残らなかったが、箱根は素晴らしい場所だと感激した。くしくも現在勤務する星槎大学の本部が箱根に位置し、箱根の場所文化学を立ち上げようとしていることを考えれば、50年以上も前のこの経験が何か貴重な縁のように思えてくる。函館への修学旅行は、出発予定日の前日にチリ地震津波が八戸沿岸を襲ったため1日順延されたが、初めて乗る連絡船、湯の川温泉、大沼公園、五稜郭、トラピスチヌ修道院、函館山など多彩な光景は目に焼き付いている。

それ以外にも父が青森市へ単身赴任した当時、同市にはよく出掛け、夏休みをそこで過ごしたこともある。第2次世界大戦末の米軍による空爆で大きな被害を被った青森市は、新たな街づくりによって大きな道路が造られ、広々とした印象を受けた。住まいは三内地域で、後にその近辺から縄文時代の遺跡が発掘されようとは当時全く思ってもいなかった。でも何か嬉しい気がする。この発掘によって、青森県が遅れた地域だという日本人の通念（偏見）が崩されたからである。とはいえ、当時の青森県は全国でも貧しく、多くの出稼ぎ労働者を中央（東京地域）に送っていたことに、私は矛盾と腹立たしさを感じていた。

振り返ると、私の社会への関心はかなり早くから芽生えていたと思う。育った家庭は貧しくなかったけれども、リヤカーを引いて毎日のように林檎を売りに来る老婆や、あばら家に住む人たちを見て、格差社会への疑問を常に抱いていた。中学校に入ってその思いが高じ、大学で経済学を志すきっかけになるのだが、この話は後回しにしよう。

小学6年生だった1960年は、ちょうど日米安保条約改定を巡って東京は荒れに荒れていた。安保改定案の衆議院強行採決、デモに参加した東京大学4年生の樺美智子さんが圧死した事件、岸信介首相の退陣と池田勇人首相の登場など多くの政治的出来事があったが、一番衝撃を受けたのは浅沼稲次郎社会党委員長が日比谷公会堂で演説中に右翼の青年に刺殺された事件だった。

今でもはっきり覚えているが、この日10月12日は、購入してもらったばかりのテレビでプロ野球日本シリーズ大洋対大毎の第2戦を見ていた。試合は三原監督率いる大洋が西本監督率いる大毎に1対0で勝ったのだが、その直後に浅沼委員長が刺されたという臨時ニュースが入り、しばらくして死亡のニュースが流れた時には、本当に戦慄を覚えた。17歳の右翼の青年（山口二矢）が壇上で演説中の浅沼委員長に襲い掛かるシーンも放送され、言論ではなくテロリズムに訴える日本の右翼なる団体の卑劣さを認識した次第である。

他にも伯母（実母）が聾学校教師だったために、聾唖者の中高生がよく家に遊びに来ていた。彼らの中には、不当な差別を受けて非行に走った生徒もおり、伯母は大変苦労していた。このような差別に憤りを感じていた私が、「共生」を謳《うた》う大学に今勤めていることに何らかの縁を感ぜずにはいられない。

好奇心旺盛に過ごした中学校時代

声変わりするなど思春期が始まった中学校時代も、さまざまな経験を想い出す。

学校法人白菊学園には男子を受け入れる中学校がなかったので、私は新設の公立中学校に通うことになった。当時、戦後のベビーブームを受けて市内に二つの中学校が新設され、その一つの第三中学校（以下三中と略記）に入学した。ただその中学校は、1年生に入学した時はまだ建設中で、最初は近くの柏崎小学校の校舎を借りて授業を受け、夏休み以降に類家田んぼの真ん中に建てられた新校舎に移るという変則的スタートだった。建設中の1961年5月某日、強風が吹き荒れて現場の大工さんが1人亡くなるという事故と、その日の夜に白銀町で大火が起こったことはよく覚えている。

三中は、二つの公立小学校（柏崎と江陽）の卒業生が通ったため、1学年8クラスという大人数だったが、実にさまざまな生徒がいて面白かった。非行すれすれの不良、非行までいかない格好ばかりつけたがる〝やんちゃ〟、今の言葉で言えば明らかに発達障がいと思える奇行を繰り返すが憎めない生徒、いじられキャ

中学校時代の筆者（左手前）と同級生たち。筆者の右斜め上は中村勉君

ラ、おませな女子、授業中寝てばかりいる生徒など、想い出せばきりがない。そうした中には、後にレスリング競技の伊調姉妹の母となる同級生もいた。生徒会長を務めていたのは、弁の立つ近藤悦夫君だった。その彼が亡くなる前の年（2013年）の11月に同期会を開いた時、やむを得ない事情で出席できなかったのは、かえすがえす残念に思っている。他にも、現在中長印刷を経営する中村勉君は、明るい性格で人気があった。お世話になった先生では、今なお年賀状を交換している中島省三先生をはじめ、印象深い方々も数多い。

中学生の私は、ばらばらの知識の詰め込みを強要される定期試験が嫌で、学校で教わる科目には大した興味を覚えず、専ら自分の趣味に頭を使った。近藤君が当時を振り返って、中学校時代の私が学校で勉強しているのを見たことがないと話していたのは当たっている。

その頃の私の趣味といえば、ポップソングや流行歌、プロレスやボクシングやプロ野球といった実にたわいのないものであった。例えば、当時、私が覚えていたプロレスラーの名前は優に100人は超えており、その評論家としての私の紹介記事が当時の三中の校内新聞に掲載されたが、それはおそらく今でも保存されていることだろう。プロボクシングも、ファイティング原田が白井義男以来2人目の世界チャンピオンになるなど話題が豊富で、マニアたちと評論し合った。また、ちょうど海外ではビートルズがデビューし、国内ではブラックジョーク的な歌詞の植木等の歌が流行しており、それを諳《そら》んじていた。流行歌の世界では、橋幸夫、舟木一夫、西郷輝彦の御三家と、中尾ミエ、園まり、伊東ゆかりの三人娘が競い合い、彼ら／彼女らの新曲もラジオで追い掛けていた。

他方、時事問題への関心も旺盛で、当時は米ソの冷戦状況が緊迫し、1962

年のキューバ危機―ソビエトがキューバに核ミサイルを搬入しようとし、アメリカがそれを阻止するべく一触即発の状態が続いた事件―の時には、核戦争が起こって日本もそれに舞き込まれるのではないかと、クラスでただ一人おびえていた。おそらく、このおびえは「世界大戦争」という東宝映画を前年に見た影響もあったろう。しかし、今日の北朝鮮の核ミサイル開発を見るにつけ、この中学校時代の危機を想い出す。キューバ危機はケネディ大統領とフルシチョフ首相の妥協で何とか収まったが、翌63年11月にケネディ大統領が暗殺された事件には唖然とし、アメリカ南部の闇を見る思いがした。犯人として逮捕されたオズワルドがすぐに射殺された時には、真犯人は別にいると直感的に思った（現在なお真相は闇の中である）。

さて、三中は田んぼの真ん中にあったため、冬に雪が積もると畔道が見えなくなるので、午後の授業が休講になるというハプニングもあった。しかし先に触れたように、私が高校を卒業してすぐに類家田んぼは全面的に埋め立てられ、「田んぼの真ん中にある三中」というイメージは消え去ってしまった。私が、ＰＴＡ会長を務めていた近藤君に頼まれて20年ぐらい前に三中で講演した時、昔の面影がなくなってしまったことを残念に思った。

当時の八戸は新産業都市に指定され、産業化計画を推し進めなければならず、その煽りと思えば致し方ないだろう。振り返れば、60年代前半は池田勇人首相が所得倍増計画を打ち出し、飛躍的に経済成長を遂げる先駆けとなった時代である。工業高等専門学校もこの時につくられた。しかし他方、さまざまな意味での資本主義経済の矛盾も身近で感じる時代であった。

それはまず、中学2年生の時に八戸市では有名企業であった日東化学が経営危機に陥り、親しかった小学校からの友達（複数）が父親のリストラにより東京地域に転校していったこと。次に、中学校で顔なじみの多くの生徒たちが、卒業と同時に「金の卵」ともてはやされて東京地域に集団就職していったことによる。前者の場合は、割と裕福な家庭の子どもだったのでやむを得ない気持ちになったが、後者の場合はいかにも後進県が見下されている感じを拭えなかった。集団就職した同期生の中には、高校で学ぶ必要を感じて八戸市に戻ってきた人もいて、複雑な思いになった次第である。

中学校時代の想い出に付け加えるとすれば、ボーイスカウトであろう。当時白菊学園高校の先生だった藤村重實氏が団長を務めたボーイスカウトに入った私は、家庭や学校では得られないさまざまなことを学んだ。国家主義的な「滅私奉公《めっしほうこう》」の匂いがする三つの誓いには疑問が残るものの、その活動を国家ではなく、他者や地域住民に奉仕する「滅私開公《めっしかいこう》」（この言葉の意味は本書第三部の「私見創見」で詳述する）として捉えるならば、有意義な訓練になると思う。

さまざまな体験の中でもとりわけ印象に残るのは、御殿場の富士山の麓で62年8月に開かれたアジアジャンボリーに参加したことである。リベラルな皇太子ご夫妻（現在の天皇ご夫妻）も会場に来られ、アジア諸国からのスカウトの挨拶があるなど、国家を超えたアジア諸国民の連帯の雰囲気があった。そこには冷戦時代の反共連合という匂いがなくはなかったとはいえ、冷戦体制終了後の今必要な「リベラルなアジア国民（市民）の連帯」の一つの形として想い返したい。

ほろ苦くも想い出深い高校時代

では第一部最後の高校時代の想い出を語ろう。

受験競争とアスペルガー体験

八戸高校（以下八高と略記）は、地元では数々の名士を輩出した由緒ある有名校である。学校の勉強が嫌いだった私だが、進むとしたら八高以外考えられず、受験して何とか合格した。後で分かった話だが、入学試験の順位は215番、全入学者の真ん中程度だった。入学してまず周りがすべて秀才に見えたこと、先生方の多くが大学入試競争を奨励していたことを覚えている。男女の比率は3対1で、男子生徒は丸刈りを強制されていた。一言で言えば、軽やかだった中学校とは対照的な重苦しい雰囲気を即座に感じ取ったのである。

先に触れたように、私は日曜日ごとにカトリック教会に通っていた。しかし、そのことをクラスメートたちに知られたくなかった。歴史の教科書に、カトリックは暗黒の中世を今でも引きずる教義を墨守している反動勢力だというようなことが記されていたからである。教会で説明される聖書の話や神の存在などは理解し難く、確かに胡散臭いものもあった。だが他方、聖書に記された隣人愛やマンモン（拝金主義）批判は、受験競争が前提にしている優勝劣敗とは相入れない価値観であり、そこに私はディレンマ（板挟み）を感じたのである。特に、有名大学に入って良い会社に入るという価値観や、東京大学法学部に入って偉いお役人になるという価値観には、大きな違和感を覚えた。

高校時代の筆者

とはいえ、受験競争にコミットしようという気になったのは、生来の負けず嫌いのせいだと思う。1年時後半には20番台になり、2年時には1ケタ台、そして3年時にはトップにまで上り詰めた。しかしそのためのデメリットは大きかった。すなわち、成績急上昇と引き換えに、今の言葉で言えばアスペルガー症候群のような状態になったのである。

アスペルガー症候群とは広汎発達障がいの一つで、知的には優れていても対人関係の構築とコミュニケーションが困難で、限定的興味の中に埋没する特徴を持つため、今では自閉症スペクトラムに分類されている。高3時代の私は、明らかにそのような状態になった。中学校時代にあった旺盛な知的好奇心は衰えて、代わりに社会や理科の教科書的な知識を覚えたり、数学の問題を解くことだけに興味が限定されてしまった。そして友人関係も貧しくなり、コミュニケーション能力も衰えた。成績が上がったことにゲームで勝ったようなちっぽけな喜びを感じる反面、自己嫌悪にも陥った。中学校時代の同級生に映ったのは「勉強している姿を見たことがない私」だったのに対し、「勉強ばかりしている私」が高3時代の姿だった。今から思えば、自慢にならないほろ苦い想い出である。

しかし、当時の私は開き直って受験勉強を続け、現役で大学に合格できた。進学先は、後に25年間勤めることになる東大ではなく、一橋大学経済学部であった。その理由は、受験雑誌（『蛍雪時代』）に載った一橋の兼松講堂とキャンパスの美しさに惹かれたこと、都心ではなく郊外の武蔵野の国立市に大学があって、そうした環境で自閉気味だった生活から解放され、思い切り羽を伸ばせそうなこと、経済学を学ぶなら一橋の方が東大よりましだと思ったこと、一橋の入試は、不得意で嫌いだった国語の配点が低く、得意な英語と社会（世界史と日本史）や苦手でなかった数学の配点が高かったこと等々である（なお、高校時代の理科は化学が大得意、生物が苦手、物理がその中間であった）。不遜な言い方になるが、入試を終えた時点で受かったことを確信し、その前に合格した有名私立大学の入学金は期日までに納入しなかった。

思うに、受験勉強など特殊な知識と学習を前提にしたゲームにすぎない。ここであえて言おう。その後、現在に至るまでの私の研究生活で活《い》きているのは、高校時代の受験勉強ではなく、中学校時代の飽くなき知的好奇心や社会的想像力である。「強いて勉《つと》めるという意味合いの勉強」は、「学んで問うという意味合いの学問」とは違って、それ自体目的ではなく、何かのための手段にすぎない。そして「その目的が何であるか」が問われる。また受験で得た知識は、哲学的に意味付けられた「体系知」につながらなければ、ただの「がらくた」であり、社会人として必要な公共心や総合的判断力とは無縁で、創造的な研究にとってもあまり意味を持たない。長年勤めた東大に入ってくる多くの学生（千差万別である）を見るにつけ、あらためてそう感じる次第である。

その他の想い出

このような複雑な想い出が残る高校時代だったが、得難い経験もあった。中でも自分の視野を大きく広げさせてくれたのは、2年が終わる春休みの9泊10日の修学旅行である。貸し切り列車に22時間乗り、着いた先は九州の別府だった。その翌日にはバスで阿蘇山を経て熊本に至り、さらに雲仙と長崎を見て、最後は奈良と京都を訪れるという豪華な修学旅行は、後で県の教育委員会からクレームがついたという。しかしその経験のおかげで、数多くのことをじかに見聞でき、視野も格段と広がったことに感謝しなければならない。

それに先立つ1年時に、テレビにかじりついて見た東京オリンピックも忘れ難い。東洋の魔女、体操競技での金メダルラッシュ、チャスラフスカの優美な姿、柔道無差別級でのヘーシンクの優勝などいろいろ想い出す。私は陸上部に入るだけの能力はなかったが、50メートル走の測定値はクラスで一、二を争うほどだったので、特に陸上競技には興味を持った。100メートルのヘイズの10秒0での圧勝、マラソンのアベベの優勝と円谷の銅メダルなどの他に、番狂わせの展開で最後の最後まで勝敗が分からなかった1万メートル決勝が印象に残っている。最後の直線コースで外側から驚異的なラストスパートをかけて劇的勝利を収めたアメリカのビリー・ミルズは、インディアン・スー族の出身。徹底した白人の同化主義教育を受け、差別を被って孤独にさいなまれながら育ったが、陸上の才能を見いだされて開花し、予選を突破し東京オリンピックの代表となり、過去の記録から見て全く無視されていた下馬評を覆して金メダルを獲得するという大番狂わせを演じた。このことを後で知ったことによって、その時の印象は忘れ難いものになった。

また、2年生の時に八高野球部が夏の甲子園に出場したことも記してよいだろう。残念ながら北海道帯広三条高校に3対2で敗れたとはいえ、進学校である八高が堂々と他校を破って甲子園出場を決めたことは誇ってよいと思う。その後、八高は2度も甲子園に出場したが、初戦突破ができなかったのは残念だ。

得難い交友のネットワーク

八高時代の得難い遺産は、何といっても卒業後のネットワークの強さである。全卒業生の同窓会を毎年八戸市のみならず東京地域でも開いているほか、私の同期のネットワークも強く、嶋守直人君や内海（現在高取）優子さんたちの尽力により、今日に至るまで毎年八戸市と東京地域でそれぞれ1回同期会を開いている。

私の同期生で特徴的なのは、医者として活躍している方々が多いことである。福田寛君は東北大学加齢医学研究所所長を経て現在は東北医科薬科大学の新設の医学部長を務めているし、岸原千秋君、隆君の兄弟は地元で病院を開いているほか、多くの同期生が医者として働いている。他の職種では、現在地元で活躍中の弁護士が2人いて、一人は、東京大学を卒業した後、弁護士になった熊谷清一君、もう一人は、慶應大学を出て日弁連副会長を務めるなどしている大澤一實君である。

この本でもたびたび登場する柾谷伸夫君は在学中から演劇に励み、弘前大学を経て私が通った白菊学園小学校（後に八戸聖ウルスラ学院小学校）や、八戸聖ウ

高校の同期会で旧交を温める筆者（右から2人目）＝1997年9月、八戸市

ルスラ学院高校で教員を務めながら演劇活動を続けた。地元の超有名人でもあり、近年、八戸市功労者として表彰された（彼の演劇については本書第三部の私見創見「海《かい》村《そん》」を参照されたい）。

女子も、目黒（赤木）千佳子さんや田鎖（新井）純子さんら華やかな雰囲気が漂う多くの同期生が目に浮かぶ。当時の私が自閉的でなければもっと多くの楽しい想い出をつくれたのにと、悔しく思う次第である。他にもさまざまな同期生が目に浮かぶが、紙面の関係もあり、氏名の列挙を割愛せざるを得ないのが残念だ。

先生方でお世話になったのは堀徳郎先生（なお最近まで、たびたび先生のご自宅で

高校時代の恩師、堀徳郎先生を中央にして写真に収まる筆者と妻
=2007年ごろ、八戸市鮫町

奥様の手料理をご馳走になった）、熱心なカトリック信者でもある蒔苗実先生（英語）、勉強観には少し疑問を感じたが、タックルの愛称で知られた山田静先生（数学）ら数多い。こうした想い出のある母校の講堂で、2年先輩で八高の校長になった袴田健志氏の計らいにより2005年秋に講演できたのは実に光栄であった。

第二部

大学時代から現在までの知的遍歴

―かなり、お硬く―

さてここからは、私の大学時代から現在に至るまでの半世紀の知的歩みを振り返ってみたい。本書の「はしがき」でも述べたように、第一部の軽やかな印象と違い、この第二部はアカデミックな重いタッチで書かれているため、読むのに苦労される方も多いかと思う。そのような方々には、最初に第三部『私見創見』を中心に」を読んでから、この第二部に戻ってきていただくのも一案かと思う。

一橋大学時代の想い出

18歳になったばかりの私は、憧れの兼松講堂で入学式を迎えた。当時の一橋大学の1、2年生は小平市学園西町の地味なキャンパスで講義を受けることになっており、当初はその近くの3畳一間で下宿生活を送ることになった。確かに部屋は狭過ぎたけれども、家主はたまたま一時期八戸市に住んだことのある明るいKさん一家だったので、楽しい雰囲気で過ごすことができた。かくして高3時の〝アスペルガー症候群〟は、環境が変わるとともに完全に吹き飛んだのである。

小平キャンパスでの講義は、リベラルな雰囲気に満ちてどれも新鮮だった。特に当時の増田四郎学長の西洋史は、東京大学の大塚久雄への対抗心も垣間見られ面白かった。サークルはカトリック研究会に入り、ヤスパース、マルセル、サルトル、ハイデガー、キルケゴール、ドストエフスキーなど実存主義的な書物を読みふけった。実存主義のエキスは、他の人間と置き換えることのできない自己の実存を自覚しつつ、責任を持って自らの可能性を開いていくという思想である。そうした中でも、死、苦悩、偶然など、回避することのできない絶対的な状況を通して、自分が自らの実存に目覚めるというヤスパースの思想に、大きなインパクトを受けた。

他方、近代経済学のメッカとされる大学に入ったこともあり、2年時の宮沢健一ゼミで扱ったケインズ『雇用、利子、貨幣の一般理論』の原書講読は、難解で生半可な理解しかできなかったものの、副読本を読み込んで大いに勉強になった。他方、マルクス主義に関していえば、宗教まで経済的支配関係に還元して捉える独断的な史的唯物論のせいか、あまり興味が持てなかったし、いわんやレーニン主義型のソビエトや東欧諸国は、非民主主義的な弾圧国家としか思えなかった。

しかし、当時のアメリカが異常な社会という思いは皆と共有していた。ベトナム戦争の泥沼化、マルチン・ルサー・キング牧師とロバート・ケネディの暗殺など衝撃的な事件が続く中で、反戦運動に立ち上がった同世代の若者に共鳴した。それでも、ソビエトが率いる軍による「プラハの春」の鎮圧や、毛沢東による文化大革命の野蛮さ（私の言葉で言えば）など、スターリニズムに対する抗議の声が（当時、反帝反スタを叫ぶ左翼集団もいたが）もっと大きくてもよかったように思う。それはともあれ、医学部問題が発端となった東大紛争（闘争）や授業料値上げ問題が発端となった日大紛争（闘争）とは対照的に、一橋大で学園紛争が起こったのは1969年になってからであり、私自身がキリスト教左派の立場からデモに積極的に参加するようになったのも3年時からである。

付言すれば、私が2年時に取った哲学は、東大から非常勤で来ていた城塚登教授の授業であった。若きマルクスの思想に着目した新左派の論客として知られていた城塚氏の講義は、少し独断的な点が不満で、試験の評価もBだったように記憶している。また私の方から質問して対話したこともない。それなのに、城塚氏がそれから20年近く後に東大を退官された際に、よりによってその後釜の社会思想史担当の助教授（現在の准教授に当たる）に私がなろうとは、運命の悪戯と言ったら言い過ぎだろうか。

さて私が3年生になり、下宿先を変え、美しい国立キャンパスに通い始めたのは20歳になったばかりの時であった。規則として一橋大の3、4年生は、必ず一つのゼミに所属しなければならない。私としては、マルクス経済学（一橋大は主に講座派系）には惹かれなかったものの、本書第一部で触れたように当初から富の再分配問題に大きな関心を抱いていたため、ケインズ左派的な教員のゼミに入りたかった。しかし、明確にそのような立場を取る学者は一橋大にはおらず（それに近い都留重人氏は大学院専属の教授だった）、結局、若手で今後の活躍が期待される塩野谷祐一助教授のゼミを選んだ。塩野谷先生は当時インドに長期出張中で、ゼミに入るための試験は大学院生が行い、無事通った。しかし、たまたま選んだこのゼミでの塩野谷先生との出会いが、その後50年近くの知的ドラマを生むなどとは予想だにしなかった。このドラマや東大赴任の経緯については、後でまた取り上げることにしよう。

3年時の69年5月に、前日の羽仁五郎の演説に刺激されてか、過激派集団によって兼松講堂が封鎖された。それに伴い、大学での講義も長らく中断されることになり、私も大学法案を巡る抗議デモに何度か加わり、新宿西口広場でのフォークゲリラ集会にも参加した。こうした当時の学生運動を、私は「政治を含めた文化運動」として理解している。アメリカのみならず、68年5月にパリで起こった学生運動は大学制度への不満が発端だったし、西ドイツに波及した学生の反体制運動には世代間闘争という意味が含まれており、それを世界史的出来事と見なす歴史学者（ノルベルト・フライ『1968年―反乱のグローバリズム』みすず書房など参照）もいる。問題は、そうした運動の正の遺産を、私を含めた日本の若者がその後の日本の行方にどれだけ活《い》かし得たかであろう。この問いに対して、その後に留学することになった西ドイツの政治文化の変遷と比べてあえて言うならば、私の総合評価は（自己批判も含めて）遺憾ながらネガティブに傾くが、これについては後でも少し言及したい。

経済学から神学を経て哲学へ

私の関心は、政治的事柄以上に「何のための学問か」や「人生の意味は何か」

という根源的な問題に移っていった。塩野谷ゼミでも先生を抜きにしたゼミ生同士でそのテーマを論じ、インドから帰国したばかりの先生に、今から思えば失礼な仕方でそうした問いをぶつけたりした。4年生になって卒論を書く時期になり、経済学を学び続ける意欲が急速に消え失せ、私に大きな学問的転機が訪れることになった。1年間の留年を経て、当初はアメリカで台頭しつつあったラジカル派経済学について書きたかったが、それを拒否されたため、「厚生経済学から公共経済学へ」というタイトルの実に凡庸な教科書的卒論を提出して、私は一橋大学を去った。とはいえ、先に触れたように塩野谷先生との付き合いは後に思いがけない形で復活するし、私の社会科学への関心もなくなったわけでない。

大学ではカトリック研究会に入り、キリスト教左派の立場から政治問題にコミットしたと前に述べたが、一橋大卒業後、上智大学哲学科と神学部の聴講生として過ごした1年間（1972年）の知的活動の拠点は、岩下壮一神父によって戦前の聖フヰリッポ寮を母体としてつくられた、信濃町にある真生会館であった。当時の真生会館理事長は、遠藤周作の小説『おバカさん』のモデルになったネラン神父（リヨン出身のフランス人）で、彼は独自のキリスト論を唱えており、皮肉を我々に飛ばすこともあったが、東京大学教養学部専門課程（3、4年生）で教えるほどのインテリ神父として実に懐が深かった。その当時の真生会館は改築中のため、麹町に仮住まいしていた。

そこで私は『未来』という同人誌的なパンフレットを発行しながら、生と世界の意味を問う神学の研究に没頭した。とりわけ関心を抱いたのは、当時ドイツで流行していた希望の神学や、南米で勃興した解放の神学であったが、日本の新約聖書学者である八木誠一氏の『キリストとイエス』などの斬新な聖書解釈にも強く惹かれた。エゴ（自我）を否定（克服）して「真の自己」を得ることにキリスト教の真理の核心があるという八木氏の仏教的ともいえるキリスト教理解には大いに興味を覚えたし、今でも「一つのキリスト教理解」として立ち返るべき原点となっている。キリスト教人口が非常に少ない日本では、このような八木氏のキリスト教理解はもっと一般に受け入れられて然《しか》るべきであろう。その他にも、韓国で懲役刑を受けた金《キム》芝河《ジハ》の独特な神学思想にも大いに関心を抱いた。

このように真生会館で活動する一方で、上智大聴講生時代に私が最も傾倒したのは、後にイエズス会総長にまでなったアドルフォ・ニコラス神父（スペイン人）

の思想である。現代にアピールする仕方で聖書のメッセージを説く彼の思想は、明晰《めいせき》で無理がなく、極めて説得力があった。ラジカルな思想家であったためか、一時期フィリピンに左遷（？）されたりしたが、あの明晰な頭脳からして後に世界に数多くのメンバーを持つイエズス会のトップに上り詰めたのは、さすがという気がする。同じイエズス会士で同年齢のフランシスコ現教皇ではなく、ニコラス神父がもしローマ教皇になっていたら、さぞかしエキサイティングであったろう。かくして、進路を変えて心理的危機・岐路（クライシス）に陥っていた私は、神学者たちに救われた次第である。

　とはいえ、カトリックとプロテスタントを合わせたキリスト教徒が総人口の1割前後にすぎない日本で神学を学び続ける気持ちにはなれなかった。同時に聴講した哲学の授業で西洋哲学の面白さを知った私は、入学試験を経て73年4月に上智大大学院哲学研究科修士課程に入学することになった。同大学院で西洋哲学を学ぶ最も重要なモチーフとなったのは、優れた2人の外国人哲学者、チェコ人のアルムブルスター神父とドイツ人のリーゼンフーバー神父の薫陶を受けるためである。

上智大学大学院での2人の恩師

アルムブルスター神父（以下師と略記）は実に日本語が堪能であり、彼の手にかかれば、難解なドイツ哲学も分かりやすい日本語に置き換えられた。「翻訳の時は、独和辞典をどぶ川に捨てるつもりで分かりやすい日本語に訳せ」というのが彼の口癖であった。

最初に参加した彼のゼミはヘーゲルの『法の哲学』（1821年）の読解だったが、私が経済学部卒ということを聞いた師は、ヘーゲルの市民社会論だけでなく、ヘーゲルが与《あずか》り知らなかった現代（1973年）における「市民社会と国家」の関係も併せて報告するようにという課題を私に与えた。よく知られるように、ヘーゲルの市民社会論は英国の経済学を吸収した上で展開され、市民社会の諸矛盾（貧富の格差など）を乗り越えるために、立憲君主制国家が持ち出される。そうした観点で現代の経済社会と国家の関係を考えるならば、ケインズとガルブレイスの修正資本主義論を欠かすことはできないという発表で何とかゼミ報告を終えることができた。振り返るに、この時にヘーゲル『法の哲学』と出会ったことは、「一人一人がそのつど生きる同時代と哲学的に取り組む」重要さを喚起させる点で、現在に至るまで私の思索に大きな影響を与えてくれる。

アルムブルスター師のゼミの特色は、哲学の文献を読む場合、訓詁学ではなく、その文献が記された時代の文脈の中に位置付けつつ、さらに現代に生きる我々にどのような意味を持つかまで考えることを要求する。然るに、こういう高い要求水準のゼミは、他の日本の大学ではほとんどなされていない。後に留学して分かったことだが、これはドイツの大学のゼミではほぼ当たり前の要求である。師のゼミではそのような高い要求の下で、ヘーゲル以外にカント、シェリングなどの文献が取り上げられた。

さてアルムブルスター師がフランクフルトの神学生時代の50年代に、かの有名なテオドール・アドルノのゼミに参加して大きなインパクトを受けたことを知った時は驚いた。アドルノがホルクハイマーと共に築いた批判的社会理論は、フランクフルト学派として現代哲学の有力思潮の一つに数えられる。そうした20世紀の代表的哲学者の一人アドルノの想い出を、彼の極めて難解な『啓蒙の弁証法』や『否定的弁証法』などと共に語る師の目は輝いていたように思う。『啓蒙の弁証法』は、近代の合理的理性が人間の情念や内なる自然本性を抑圧したために、専ら情念に訴えるナチズムの台頭に対抗できなかった事態を思想史的に考察した名著である。「人間の情念」や「内なる自然」と「広い意味での理性」の統合こそが重要とする見解は、日本の丸山眞男らには見られない視点であり、上から目線で理性的啓蒙を説く論者への批判として今日でも有効であろう。

内容が必ずしもキリスト教的ではなかったにもかかわらず、師がアドルノやホルクハイマーの批判哲学にかなり惹かれていたのは、チェコ人としての師がナチズムとスターリニズムという右と左の全体主義の猛威にさらされて育ったこととも関連すると思う。師が幼い頃のヒットラーによるチェコへの侵略、青年期のスターリンによるチェコの衛星国化の二つは、師の思想にも大きな影響を及ぼしていた。右翼運動はもとより、無責任な左翼思想にも嫌悪を抱く師にとって、ナチを支えた人々の権威主義的性格を暴き、ナチを支持したハイデガーのみならず、ルカーチなどのマルクス主義哲学者をも容赦なく批判するアドルノの思想は、共鳴できるものが多々あったに違いない。89年11月のビロード革命によってチェコがソビエト連邦の支配を脱した後、師はやっと祖国に帰れるようになり、上智大学教授を定年退職後はチェコに活動の拠点を移し、今なお活躍されている。

ではもう一人の恩師リーゼンフーバー神父（以下師と略記）について語ろう。

1メートル90センチを超える長身のリーゼンフーバー師は、いろいろな意味でアルムブルスター師と対照的であった。ドイツのフランクフルトの超秀才一家に生まれ（ちなみに彼のお兄さんはドイツの科学探求大臣を務めた）、イエズス会に入り、ミュンヘン大学で学位を取った後に来日した彼は、鋭敏な思考力と繊細な感受性と優しい心を備えた大哲学者と言ってよいだろう。彼はトマス＝アクィナスなどの中世哲学が専門であるけれども、ゼミではフッサールやハイデガーなどの現代哲学の文献講読が行われており、それに参加した私は、彼がどこまでも自分の頭で考えつつ文献を消化していく姿に感動した。彼はまた、アルムブルスター師と反対に、ハイデガーと後期フィヒテ（宗教哲学）を評価し、ヘーゲルにはすこぶる批判的であった。私は、あまりにも抽象的なリーゼンフーバー師の思考についていくことがしばしば困難だったとはいえ、トマスの基本概念である「善」と、近代形而上学の基本概念である「自由」を統合しようという彼の問題関心から、今でも大きな影響を受けている。日本語で書かれた中世哲学に関する彼のさまざまな業績は、今後も古典としての輝きを失わないだろう。

博士課程の中途で得た大きな問題意識と経験

上智大学大学院時代の私は、西荻窪駅から北に徒歩15分ぐらいの所に下宿し、実家からの仕送りの他に、家庭教師と小さな塾の講師をして生計を立てていた。塾は方南町近辺にあり庶民的な生徒の雰囲気を楽しめたし、家庭教師で個別指導に当たった生徒の中には、後に東京大学医学部教授になった者もいる。その意味で楽しい経験であったが、そのために修士論文に十分時間を割けず、思考の乏しいお粗末な論文を出してしまったことに悔いは残る。

その悔しさをバネにして、博士課程に進んだ後に当時人気のあった哲学月刊誌『理想』の懸賞論文に、今にして思えばかなり雑駁《ざっぱく》な論文を投稿したところ、思いがけなく入選し、少し自信を回復した。フロイトの精神分析と対峙《たいじ》しつつ、ヘーゲルの精神現象学的な視点を統合させたフランスの哲学者リクールから着想を得て書いたこの論文で、その後の自分の生き方を支えることになったメリットは次の点にある。すなわち、過去の自分の傷ついた体験や記憶をそのまま受け入れる視点と、それを超えて未来へ不断に向かう自分形成の双方が自己論には不可欠ということである。この視点は、現在、PTSD（心的外傷後のストレス障がい）からPTG（心的外傷後の成長）という考えとも、レジリエンス（心の回復）という考えとも通じると思う。「過去と未来を現在という時点で統合する心」を絶えず持つことが私の指針となった。

この自己理解の在り方と関連して、当時のドイツ哲学の現状で私が最も心を惹かれていたのは「理解すること」を巡る解釈学論争である。1960年に刊行され大きなインパクトを与え、多方面からの論争を引き起こしたH・G・ガダマーの『真理と方法』は、日本で関心を寄せる学者は少なかったが、私は原書を取り寄せ、古典を理解することについてのガダマーの見解から大きな示唆を受けた。彼によれば、古典的なテキストを理解することは、それを追体験することだけではなく、テキストが書かれた時代背景（地平）と、テキストを理解する我々の時代背景（地平）の「違い」を明確に自覚した上で「対話」をし、恣意《しい》的ではない仕方で、「現代に生きる我々にとっての意味」を理解することである。そしてそれは、テキストを理解する人間の自己理解の刷新をも含むであろう。

このような理解論は、ガダマーの師であったハイデガーの解釈学をさらに発展させたものであったが、訓詁学的な理解でも恣意的な理解でもない古典理解の方法として、日本や東洋の古典解釈にも応用可能である。そうしたガダマーに対して、評価しつつも鋭い批判を加えたのが、アドルノの弟子であるハーバーマスで、理解する方法だけでは、批判的に歴史や社会を捉えることができないとガダマーを批判したのである。「理解すること」と「批判すること」はどのように折り合えるだろうか。このテーマはアカデミズムを超えた普遍的で日常的なテーマだと今でも私は思う。

さて、上智大の博士課程で一番得難い経験をしたのは、日本哲学会の事務局が2年間、同大に置かれることになり、気さくな大谷啓治教授（後に上智大学学長）の下で事務働きをしたことであろう。理事会では、当時（70年代半ば）の日本の哲学を代表する論客である岩崎武雄（当初会長であられたが在職中に急逝）、桂寿一、斎藤忍随、大森荘蔵、山本信、沢田允茂、山崎正一、細谷貞雄といった方々の尊顔を拝することができたし、仙台市での大会では、当時まだ気鋭の助教授だった岩田靖夫、加藤尚武、坂部恵といった方々と知り合うことができた。さらに、雑誌『理想』の編集長を通して、吉祥寺の飲み屋街に出入りする東京大学駒場キャンパスの先生方とも出会うことができた。その時に1度会った井上忠教授の愛弟子でギリシャ哲学専攻の山本巍《たかし》氏（当時は茨城大学助教授）と20年後に駒場の大学院専攻科の同僚になろうとは夢にも思わなかった次第である。

そうした中で、上智大にいくつかの留学制度があったので、ルートヴィッヒ・マクシミリアン・ミュンヘン大学（ＬＭＵ）に留学することになった。ミュンヘン大学はリーゼンフーバー師の出身校で教授陣もゼミも充実しており、さらにミュンヘンは由緒があると同時に、72年のオリンピックで大きく発展した近代的で美しい街というイメージがあったからである。かくして成田空港が開港する直前の78年2月末に私は羽田を飛びたった。

ミュンヘン大学時代の想い出

当初の経験と学位取得の決意

ミュンヘン大学の本校舎は、ミュンヘンの象徴ともいえる市庁舎（仕掛け時計の人形で有名）のあるマリエン広場から、かつてヒットラーが武装蜂起して失敗したことで知られるオデオン広場を経て凱旋門に向かう広い一直線の道路に面した所にある。私が住むことになった学生寮（ヨハネス・コレーク）は、広大な英国庭園の近くに位置し、大学まで徒歩数分の格好の場所にあった。男女は別々の階に分かれ、活発な交流も行われていたが、何せドイツ人が大半だったため、最初はなかなかなじめなかった。しかし哲学を専攻とする陽気なポーランド人のタデウス・ゼンカ君と知り合いになり、大いに助けられた。

ポーランド人は概して親日派である。またスラブ系に属しながらも、気質はラテン系のように明るい。そういうこともあって、すぐに仲良しになれた。彼と付き合って得たメリットの中でも大きかったのは、ドイツ社会を客観的に捉え論じ

ミュンヘン大学時代の筆者（左から2人目）。左隣はタデウス・ゼンカ君＝1980年

合うことができたこと、揺らぐポーランドの状況について多くの知識を得たことである。

周知のように、ポーランドの歴史は分割の歴史であり、20世紀には1939年9月にナチ・ドイツがポーランドを侵略して第2次世界大戦が勃発した。そして第2次大戦後はソビエトの支配下に入っていた。そうした状況の中で、78年10月にポーランド人のローマ教皇ヨハネ・パウロ2世が誕生し、80年にはワレサ率いる「連帯」が共産党支配に抵抗し始めるという情勢で、彼との談話は飽くことがなかった。日本に戻って

から も、80年代と90年代にミュンヘンを訪れた際に彼と会ったが、その後は音信不通である。今、彼はどうしているだろうか。

彼との談話のおかげや、部屋で何度も音読を繰り返した努力が実って、最初は苦労したドイツ語の聞き取りも次第に能力が向上し、不安感も消失していった。思うに、日本人が外国語をあまり話せない理由は、いったん日本語を忘れて、外国語に特化する形で音読を繰り返す練習をしないからだと思う。外国語を習得することは「新しく自分が生まれ変わる」ことだとさえ言ってよい。そうした上で、もう一度自分が日本人であることを再認識するというプロセスを取れば、自己理解も他者理解も世界理解も豊かになる。

他方、外国語を書く能力は、多分に日本語（母語）の文章力・表現力に比例しているように思う。日本語の文章力・表現力がうまくなければ、外国語の文章力・表現力を磨くことも難しい。それを感じた私は『ドイツ語表現辞典』（独独辞典の拡大版）を活用して表現力を磨くことを心掛けた結果、ドイツ語のレポートを自由に書けるようになった。

というわけで、最初は1年で帰国するつもりだった気持ちが途中で大きく揺らぎ、学位（博士号）を取得するまで帰国しないという気持ちに変わったのは、最初の年の秋であった。学位取得のためには、主専攻の中級ゼミナール単位が四つ、二つの副専攻の中級ゼミナール単位がそれぞれ二つ必要で、それに加えて高校で学んだ古典語の試験合格が必須となる。その上で、学位論文(博士論文)を提出し、最後に主専攻と副専攻の口頭試験が待ち受けている。それをすべてクリアすることを逆算して、私は4年以内で学位を取ろう（取れる）と決意したのである。幸い、上智大学がバイエルン州と提携した奨学金も4年間続けて頂くことができたし、八戸市の実家からも仕送りしてもらい、感謝に堪えない。さらに私が恩恵を受けたのは、留学する際に船便で送っていた『世界の名著』（中央公論社＝現中央公論新社）や岩波文庫などの翻訳本である。翻訳は完ぺきではないものの、それらは研究の効率を促す上で大変便利であった。

かくして私は学位取得を決意したが、問題は学位論文の指導教員を誰にするかであった。結局、リーゼンフーバー師の紹介で親しくなった助手の勧めもあって、哲学部主任教授のローベルト・シュペーマンを指導教員に選んだ。シュペーマンは、当時フランクフルト学派の第2世代であるハーバーマスと論争しており、政治的には左翼に批判的な中道右派のカトリックの哲学者で、私の問題関心や思想と折り合うかどうか不安があった。しかし、直接会って対話していくうちに、ナチに殺されそうになった経験を持つ彼は、決して単純な保守派ではなく、当時の安易に左に傾いた学者たちやナイーブな啓蒙主義の盲点を突く論客だとすぐに理解できた。実際に彼は若い頃にマルクス主義の諸文献を読破し卒業したと語っていた。彼の大講堂での講義は常に盛況で、プラトン、ライプニッツ、ルソーについてが定番であったが、例えばプラトンについての講義の中で、アドルノとホルクハイマーの『啓蒙の弁証法』が登場したり、カール・ポパーのプラトン批判へのコメントがなされたり、ライプニッツの講義で脳科学の問題が出てきたりするなど、古典の現代性が絶えず意識させられ、日本の大学でのあまりに内在的な講義との違いに驚かされた。彼はまた、西ドイツの原発稼働に当初からすこぶる批判的であったため、博士課程のゼミには緑派の社会活動家も参加していた。

そうした中で、私は、いずれもシュペーマンの学風とは異なる二つの思潮、カール・ポパーに代表される批判的合理主義と、カール・オットー・アーペル（ハーバーマスの盟友）に代表される超越論的なプラグマティズムの間で当時行われていた論争を、自分なりのスタンスでまとめ、批判し、創造的な結論を引き出すというテーマを学位論文に選んだ。自分の思想的立場を弟子に押し付けないシュペーマンは、どういう成果が出るか大いに楽しみだと応じてくれて、私の研究の道筋が固まったのである。

同時代の政治状況

ここで、当時の政治状況の話をしよう。私がミュンヘンで過ごした1978年3月から82年3月までは、国際政治状況が大きく変わった時代だった。まず、79年のイラン革命でシャーが追放され、パリから戻ったホーメイニが復古的政治を始めて多くの粛清を行ったことは世界を震撼《しんかん》させた。イランのアメリカ大使館も占領され、それに怒ったアメリカのカーター大統領が救出を試みるも失敗し、両国の関係が最悪となったが、この本《もと》を正せば、素朴な福音派のクリスチャンであるカーターが、人権外交と称してシャーへの資金援助額を大幅に減らしたことに起因している。その他にもカーターはアフガン政策でも失敗し、79年末にソビエト軍の侵略を招いた。その結果、80年のモスクワオリンピックをアメリカはボイコットすることになり、ドイツも日本もそれに同調せざるを得なくなった。

このようなカーター大統領の言動は、独仏の政治家から見れば即興政治の典型と映り、すこぶる不評であった。マックス・ヴェバーの名著『職業としての政治』に従えば、「心情倫理」で動くカーターは、後の2002年にノーベル平和賞を授与されたとはいえ、結果を見越して行動する「責任倫理」を欠いたアマチュア政治家の典型として歴史に名を刻んでしまったと言ってよい。その結果、1980年秋の大統領選挙でカーターはレーガンに大敗した。また前年の79年には英国でサッチャーが政権を握っており、この時、新自由主義（ネオリベラル）とも呼ばれるサッチャー＝レーガン体制が誕生した。

当時のヨーロッパに関していえば、後に東西ドイツを分断していたベルリンの壁が崩壊して冷戦体制が終焉《しゅうえん》し、ソビエトも消滅するなど、誰も思っていなかった。西ドイツの70年代は、個人秘書がスパイ容疑で逮捕されたギョーム事件でウィリィ・ブラント首相が退いた後も、雄弁で知られるヘルムート・シュミット率いる社会民主党が自由民主党と組み、77年に赤軍派のテロリズムがあったとはいえ、安定政権を持続させていた。他方、既存の政党に不満なエコロジストたちは「緑の党」の設立に向かっていた。またドイツの隣国フランスでは、81年に（共産党も取り込んだ）社会党のミッテラン政権が生まれ、死刑廃止などの公約を実現した。当時まだ現在の欧州連合（EU）の動きはほとんどなく、ヨーロッパ共同体（EC）と呼ばれる政治体制が西ヨーロッパに生まれるかどうかの段階で、ミッテランがフランスをどの方向に導くかが注目されていた（その後、ミッテランはEC設立に向かう）。

　他方、一党独裁体制を敷いていたソビエト支配下の東欧諸国は行き詰まりを見せていた。共産党独裁体制の陰湿さと怖さは、旅行すればよく分かる。留学中に東ベルリンやチェコのプラハを訪れた時、私はそれを実感した。プラハで乗ったタクシーの何カ国語も喋れる運転手は、68年の「プラハの春」に加担したために大学教師の職を失い、運転手で生計を立てている様子だったし、ホテルの従業員もソビエトのことを酷評していた。また、通貨交換の闇市場にも出くわした。

　そうした状況を思えば、日本の旧社会党左派（特に協会派）や当時の共産党が、西ドイツの社民党を修正主義と批判し、東欧の社会主義諸国を理想化していたというお粗末な認識に驚かざるを得ない。後の89年秋に起こった冷戦体制崩壊時に、ショックを受けて落ち込んだという日教組の教員や左翼がいたと聞くに及んでは、いかに彼らが人権と民主主義のセンスが乏しかったのかと唖然とする。このようなお粗末な左翼がはびこっていた時代に嫌気を感じた旧世代の人々が、その反動として現代に至るまで、あらゆる社会改革運動や論者に左翼勢力というレッテルを張るようになり、思考停止に陥っているとするならば、まさに悪循環であり、戦後日本の悲劇である（この点に関しては拙著『公共哲学とは何か』［筑摩書房、２００４年］第3章の末尾で記した）。

さて、そうした状況の中で、社民党のシュミット政権はソビエトの軍事的脅威に対抗するため、迎撃ミサイル（パーシングⅡ）を西ドイツに配備することを決め、それに対して国内では激しい反対運動が起こり、世論も二分された。我が指導教員のシュペーマンは、「核の平和利用」にも反対する反原発論者であったが、この時はソビエトのサハロフ博士のソビエト危険論を受け入れ、迎撃ミサイル導入やむなしの態度を取り、彼の友人であったカトリック作家ハインリッヒ・ベルに意見の違いを告げる公開書簡を送ったことが衝撃として私の心に残っている。

日本の政治に関していえば、ミュンヘン時代に福田赳夫、大平正芳、鈴木善幸と3人の首相交代があったが、その中では大平首相がドイツでは最も高く評価されていた。80年に彼が急死した時に、リベラルな南ドイツ新聞が1面トップで彼の死を悼む記事を載せたことは今でも忘れ難い。それ以来、日本で哲学を持った政治家は誰かと聞かれた時、私は中曽根康弘ではなく、大平正芳を挙げることにしている。実際、彼の著作集を読むと、哲学的思考が随所に感じられる。ドイツの新聞で私が留学時代に愛読したのは、この南ドイツ新聞と週刊新聞『ディー・ツァイト』である。特に後者は多くの評論から成る知的新聞であり、日本にもこのようなクオリティ・ペーパーがあればいいのにと今でも思う。

留学時代には、ドイツの各地をはじめ各国を旅行したが、一橋大学時代の後輩で若き外交官になったS君が留学していた英国を79年秋に訪れた時の想い出は印象深い。サッチャーが首相の座に就いたばかりであった当時の英国は、ちょうど転換期にあり、博識のエリートS君の解説は実に面白かったし、1人で行ったスコットランドのエジンバラはイングランドと全く違う趣を持っていた（スコットランドに関しては、本書第三部の「私見創見」でも触れている）。

教育と文化の話

話を当時のドイツに戻そう。1968年の大学紛争と70年代の社民党政権は、戦後のドイツ文化を大いに変えた。ナチのみならず、日本人の多くが抱いていたプロシャ型の権威主義を徹底的に否定するような教育（反権威主義教育）がようやく主流になったのである。歴史教育では、ナチス時代を批判するだけでなく、なぜそうした時代が生まれたのか、それを阻止する手立てやオプションはなかったのかなどを考えさせる教育がなされるようになった。そうした痛ましい過去の記念館があるダッハウには、日本からミュンヘンを訪れた人々を案内して、何度も足を運んだ。33年に普通選挙でナチ政権が生まれてすぐ、国会が放火されたことを口実に他の政党すべてが非合法化され、多くの政治犯が収容された場所である。そこにはドイツの高校生も修学旅行で訪れていたが、日本には広島や長崎のような被害の記念館はあるが、加害の記念館はない。

反権威主義文化は、左派だけではなく、保守的な若者の間でも浸透しており、保守的なカトリック教徒の多くもリベラルな心性を保持していた。ナチス時代を正当化することは許されず、ヒットラーの『わが闘争』は発禁本である。振り返ってみれば、70年代後半からの日本の教育状況は、そうしたドイツの状況と逆方向に進んだように思われる。一部の県で行われ始めた管理教育（校則ずくめの学校生活や教師の体罰など）の模様がドイツの公共放送で紹介されるのを見て、気恥ずかしい思いをしたことを想い出す。私は、学生運動の正の遺産を地道に活かそうと努力している少数の方々に深い敬意を抱く一方で、こういう逆行現象に気を留めることなく、60年代後半から70年代初めにかけての日本の学生運動をノスタルジックに語る人々の心性は理解できない。

さてスポーツに関していえば、ドイツでは野球は全く知られていない。野球のどこが面白いのか説明してくれと言われ、困ったこともある。その代わりサッカー熱はすさまじい。私が渡独した最初の78年と、口頭試験のために渡独した82年のワールドカップの時、若者たちの間ではその話題で一色だった。他方、サッカーにあまり興味のなかった当時の私は、富士フイルムの宣伝の一環でバイエルン・ミュンヘンのルンメニゲ選手の通訳を手伝うはめになり、その場に及んで彼がスーパースターだと知ったほどの知識しかなかったのである。

オクトーバー・フェストで当時の仲間と共に地ビールを楽しむ筆者（左から2人目）=1981年、ミュンヘン

ミュンヘンはまた芸術の街で、特に国立歌劇場は名高い。当時の指揮者は日本でもよく知られたサバリッシュで、学生は10マルクほどで2階の立見席で鑑賞できる。私は息抜きに何度か通ったが、一番印象的だったのはワーグナーの「神々のたそがれ」であり、長時間見終えた後に何だか重苦しい気分になった。

ミュンヘンはビールの街としても知られ、地ビールがたくさんあって、9月半ばから半月開かれるオクトーバー・フェストは、世界中の人が訪れ大賑わいを見せている。大きな会場にビール会社ごとに10ほどの大テントが張られ、ブラスバンドの演奏もあって、長時間楽しむことができる。私も毎年1、2度訪れたが、忘れ難きは80年に起こったテロリズムである。テントの中で爆音を聞いた時、てっきり花火でも上がったのかと思いきや、ナチのシンパである少年が持っていたと思われる時限爆弾が暴発し、周辺にいた十数人が亡くなり、200人超の負傷者を出す惨事であった。テントからは100メートルも離れておらず、もしその近くを歩いていたらと思うと、ぞっとする。

学問の話

ミュンヘン大学での研究は順調だった。主専攻の哲学に関していえば、タデウス・ゼンカ君や研究助手のヌッサー博士のおかげもあって自分なりの思索が展開し、四つのゼミ単位も容易に取れた。当時のドイツでは、ハーバーマスやアーペルの影響もあって、実践哲学、社会哲学、倫理学が盛んだった。

そうした中、かつての恩師である一橋大学の塩野谷祐一教授が、1979年秋から半年間イタリアのボッコーニ大学客員教授としてミラノを訪れたので、一緒にイタリアを旅行したり、ミュンヘンを案内したりした。塩野谷先生は70年代からアメリカのジョン・ロールズの『正義論』（71年）の研究に没頭しており、英語圏の倫理学、社会哲学を先生から私が学び、ドイツ語圏の倫理学、社会哲学を先生が私から学ぶという関係が生まれたのである。私が一橋大に在学中には純粋な経済学者に思えた塩野谷先生のこうした哲学的転回は、84年の大著『価値理念の構造―効用対権利―』（東洋経済新報社）の刊行になって結実する。

副専攻に関していえば、カトリック神学があまりに保守的に思えたので、福音派神学を一つの副専攻に選んだ。当時のスター神学者はパネンベルクであり、彼のゼミで提出したシュライエルマッハーの学問論は彼から称賛され、それがもとで帰国後に私はシュライエルマッハーについての包括的な論文を書くことになった次第である。もう一つの副専攻は日本学だったが、レベルはあまり高くなかった。しかし新井白石の『西洋紀聞』などの古典に親しめたのはありがたかった。

先にも触れたが、学位取得のためには主専攻のゼミナール単位が四つと、二つの副専攻のゼミナール単位がそれぞれ二つ必要な他に、高校で学んだ古典語の試験合格が必須だった。そのため私は、中国学の有名な教授の下で漢文の試験を受けることになった。問題は返り点なしの白文で出され、それをその場ですぐドイツ語に訳して口頭で答えるという仕方で行われる。幸い、試験の1カ月前に『孟子』から出題することを告げられた私は、岩波文庫を取り寄せて猛勉強した。どこから出題されるか分からないので、どこから出てもすぐ答えられるように準備した結果、すんなりと合格できた。私は孟子の思想的ファンになり、後に公共哲学に関わるようになった時、東アジアの公共哲学の祖として孟子を位置付けたのは、この時の勉強によるところが大きい。

ミュンヘン大学では、学外から大物学者を招いて講演がよく行われていた。『責任という原理』の刊行でインパクトを与えたハンス・ヨーナス、評価が分かれるが大量の著作を発表していた社会学者のニクルス・ルーマン、科学哲学者のトマス・クーンらの講演は大教室が満員になった。現代文明批判者のイヴァン・イリイチや新左翼のマルクーゼらの講演も面白かった。81年のシュトゥットガルトでのシンポジウム「カントか、それともヘーゲルか」には日本の学者も訪れ、我が師シュペーマンとその論敵ハーバーマスが特別講演を行ったほか、アメリカからはリチャード・ローティも参加していた。ミュンヘン大学には同年、ディーター・

ヘンリッヒが主任教授として赴任し、シュペーマンと二枚看板が出来上がった。

しかし私にとって何といっても重要だったのは、学位論文の執筆だった。最後の1年間、私は執筆に集中するため、3年間暮らした寮を去り、緑に囲まれた郊外の一軒家の屋根裏部屋に下宿することを決めた。家主は明るい一家で、外国人にも理解があり、落ち着いて論文を書くためには格好の環境だった。

学位論文では、多くの先行研究を踏まえた上での独創性が問われる。テーマとしたのは、前に述べたように、現在進行中の学問論争（批判的合理主義と超越論的プラグマティズムとの論争）で、独創的な視点をどこに置くかが勝負だった。

私は、この論争の背景にある「双方が（暗黙のうちに）追求している理想的な学問の主体」という視点を導入して切り込んだ。すなわち、私なりに考えるところの理想的な自然科学の主体、理想的な社会科学の主体、理想的な哲学の主体に分化しながら、双方の立場の強みと弱みを定式化し、この論争から何を批判的に学び得るのか記し、論文を終えた。しかし時間的な制約もあり、今から思えばかなり粗さが残る論文だったと悔やんでいる。主査のシュペーマンからは、その粗さ（もっとスペースを割いて論じるべきなど）を鋭く指摘されながらも、とても

シンポジウム「カントか、それともヘーゲルか」の会場でローベルト・シュペーマン教授を中央にして並ぶ筆者（右）と宇都宮芳明北海道大学教授
=1981年、シュトゥットガルト

面白く刺激的で独創的だという評価（A^{-}）をもらい、提出した論文に加筆することを条件として、学位取得後にHain出版社に推薦文を書いてもらった。

その結果、学位論文は『Die Kontroverse zwischen kritischem Rationalismus und transzendentaler Sprachpargmatik』（83年）と題し、定価28マルクで出版されることになり、現在、ドイツの図書館以外に、日本のいくつかの図書館にも収蔵されている。なお、この論文で到達した視点は、それ以来、現在に至るまで「あるべき学者像」

を考えるための原点になっていることを強調しておきたい。

ところで、学位取得のためには学位論文のみならず、それとは別のテーマで、論文提出後の期間に主専攻と副専攻二つの口頭試験を受けなければならない。私は81年にドイツで知り合った東海大学の斎藤博教授から専任講師のオファーを受けるという僥倖《ぎょうこう》に恵まれ、82年4月に赴任することになったため、同年3月に論文を提出し、東海大での夏学期の授業を終えた後の7月にミュンヘンに戻って口頭試験を受けるという、変則的なスケジュールをこなさなければならなかった。

哲学の口頭試験のテーマは「政治哲学史」と「カントとヘーゲル」で、1時間以上にわたってシュペーマンから次々と質問され、それに答えたものを助手が筆記するという形での試験を無事Aで切り抜けた。ちなみに、この時に体系的に勉強した政治哲学史が後の単著『ヨーロッパ社会思想史』(東京大学出版会、92年、現在12刷)の土台になっている。副専攻の日本学も「江戸時代の思想史」がテーマだったので、楽勝だった。問題は福音派(プロテスタント)神学で、神学史の基礎知識に乏しい私は、攻撃的な口調のパネンベルクの質問攻めにしどろもどろになって自分を見失い、Cという惨憺《さんたん》たる結果に終わった。

しかし、それでも学位論文と、哲学と日本学の口頭試験がAだったため、総合評価で magna cum laude（A）をもらうことができ、ほっとした次第である（ちなみに、最高点は日本でいえばS評価に当たる summa cum laude である）。

かくして私は4年間の留学時代を終えた。

東海大学から上智大学へ、そして思いがけなく東京大学へ

帰国後の私は、町田駅近くの相模原市鵜野森でアパート暮らしを始めた。斎藤博教授の強い要望と推薦で文学部文明学科の専任講師として赴任した東海大学は、小田急線の大根（現東海大学前）駅から徒歩15分ぐらいの高台にあり、近くには大山、遠くには富士山を望むことができる快適な環境にあった。学生は素直で可愛らしく、同僚の先生方も外国帰りの私を歓迎してくれて、気持ちよく過ごせた。懇意になったギリシャ古典の大家である廣川洋一氏と、大学からの帰りがけに喫茶店でいろいろお話しできたことは得難い経験だったと思っている。

さて、帰国後の1980年代の日本ではさまざまなカルチャー・ショックを味

わったので、その中から二つを記しておきたい。

まず目についたのは、一部のフランス思想を全ヨーロッパの現代思想と称して売り出す思想系ジャーナリズムの異様さであった。私から見れば、東西冷戦構造の揺らぎや東アジアとの関係悪化などをテーマとせず、パリだけで流行《はや》っている思想を全ヨーロッパの潮流と喧伝する姿や、当時売り出し中の浅田彰氏や中沢新一氏らの著作を〝ニュー・アカ〟や新人類と称賛する思想系ジャーナリズムの姿は、今から思えば、それが世界のすう勢と乖離しているという意味で、思想のガラパゴス化である。

次に、日本の一部の県（愛知県や千葉県など）で行われていた厳しい管理教育も実に異様に思えた。もちろん最低限の管理は、責任という観点から必要だが、管理それ自体が教育の目的となって生徒を締め付けるのは本末転倒である。そうした教育環境で育った人間は、批判的な思考を止めるばかりか、お上《かみ》の命令に服従することが当たり前の心性が植え付けられ、批判する人間を白い目で見るようになってしまう。ドイツでは逆に、批判しない授業態度やレポートは評価されないので、そのギャップには驚くしかなかった。

そうした環境の中で私事を語れば、私は85年に最初の妻と結婚した。妻はビオラ演奏家であり、鋭く魅力的な感性の持ち主だった。残念なことに、結婚後10年たった95年に難病のため世を去った。私の心にいろいろな思いがあり、至らなかった点などを想い出せば、とても悲しく心が痛む。

さて、東海大に勤めて4年後の86年、私はアルムブルスター師の強い要請を受け、上智大学文学部哲学科助教授となった。担当科目は近代哲学史と現代哲学などである。そうした中、留学時代に本を送ってもらうなどお世話になった大橋容一郎氏（現上智大教授）らとの共訳で、恩師シュペーマンのヨーロッパ自然哲学史の訳書『進化論の基盤を問う―目的論の歴史と復権』（東海大学出版会、87年）を刊行し、定年までの30年近くは上智大で過ごすことになろうと思っていた。

しかし、1年半後に思わぬことが起こった。それは、前に触れた城塚登教授の後任として、東京大学教養学部社会科学科の谷嶋喬四郎教授が私の招聘《しょうへい》を企てたことである。ドイツの学会で知り合った谷嶋教授は、城塚教授の後任人事に悩み、私に白羽の矢を立て、上智大の先生方に懇願して私を人事候補のトップに据え、教授会を無事通すことに成功した。長年にわたって上智大で活躍してくれることを望んでいたアルムブルスター師はかなりのショックを受けながらもそれを承諾し、リーゼンフーバー師も招聘に同意した。

私が一度も学ぼうと思ったことがなく、どちらかといえば毛嫌いしていた東大への招聘に応じたのは、本郷キャンパスの縦割り学部構成とは根本的に異なる学際性と国際性を理念に掲げる駒場キャンパスの教養学部と、一橋大学で学んで以来、念願の一つであった社会科学と哲学の再統合を目指す相関社会科学という理念に大きな魅力を感じたためである。もしそれが東大文学部哲学科や倫理学科からのオファーだったら辞退していたであろう。従って、私は東大に移るというよりも、駒場キャンパスに移るという気持ちで招聘に応じたのである。

しかし、その際に思いがけなく巻き込まれたのは、私の人事と並行して企てられていた中沢新一氏の助教授人事が教授会で否決された騒動である。前述のように、私自身のニュー・アカへの評価は、それが連想ゲームの域を出ていないという理由で相当に低い。レトリックを中心とする学科ならともかく、ナラティブ(物語)だけでなく、文献的裏付けを含んだエビデンス(実証)的思考が要求される社会科学にニュー・アカは適さないと思うので、西部邁氏らが中沢氏を社会科学科に招聘しようとした意図がよく分からない。特に中沢氏がオウム真理教の知的応援団だったことが後に判明したことを思うにつけ、私の疑問は深まる。ともあれ、西部氏がこの騒動を機に東大を退職し、東大に残った佐藤誠三郎氏らと共に中沢人事の件をマスコミで騒ぎ立て、彼の人事と並行して行われた私の人事を批判したため、私も有名（？）になってしまった。

しかし私はこの件で逆に、できるだけ東大で暴れてやろうと決意を新たにしたのである（ちなみにウィキペディアに載っている「東大駒場騒動」には、その顛末《てんまつ》に言及した私の東大定年退職時の教養学部報記事「〈駒場をあとに〉西部劇から四半世紀の想い出と所感」のリンクが貼られているので、ご参照いただけると幸いである）。

東京大学時代の想い出

では、東京大学というよりも駒場キャンパスの教養学部に赴任したという思いをずっと抱いたまま四半世紀を過ごしたさまざまな想い出を追ってみたい。

その前半（1988年4月〜2000年）

城塚登氏の後任人事で赴任した教養学部社会科学科には、それまで本でしか知らなかった見田宗介、折原浩、長尾龍一、菊地昌典らの論客をはじめ、マスコミで名を馳せていた舛添要一（翌年に退職）がいたし、科学哲学科には廣松渉、村上陽一郎、伊東俊太郎らそうそうたるメンバーもいた。私は1、2年生向けの社会思想史と、3、4年生と大学院生向けの社会哲学の授業をまず担当した。

赴任して1年もたたない1989年初めに昭和が終わり、平成時代が始まった。その年の11月にはあっという間にベルリンの壁が崩壊、東ヨーロッパの一党独裁体制も次々に崩壊して冷戦体制が終焉した。91年にはソビエト連邦も崩壊し、誰もが予期できなかった世界史の大転換が始まったのである。

この出来事にインパクトを受け、従来の社会思想史とは異なる通史を出す必要に迫られた私は、3年間の講義を基に『ヨーロッパ社会思想史』（東京大学出版会、92年）を書き下ろした。前述のようにミュンヘン大学での口頭試験の政治哲学史で得た知識を大きく発展させたこの書の特徴は、従来の近代啓蒙主義やマルクス主義の進歩史観的な視座と違って、古代ギリシャの政治思想や中世キリスト思想の意義にかなりの頁を割いた上で、近代の社会思想から現代の危機までを詳細に取り扱い、各章でそれぞれの思想のアクチュアリティを書き加えた点にある。今までなかった類いの通史なので、売れ行きも良く、その後12刷まで版を重ねた。

続く93年には『包括的社会哲学』（東京大学出版会）を刊行した。この書は、学位論文で培われた論争史という観点を導入しつつ日本であまり紹介されていない諸思潮（ドイツ語圏と英語圏）の意義付けと限界付けを行い、リオタールの「大きな物語の終焉論」に抗して、自然、文化、歴史という現代思想にとっての「大きな物語」を論じる一つの視座を構築した点に特徴を持つ。実際、90年代は東西冷戦の終焉によって世界平和が自動的に実現するという大方の予想を裏切り、湾岸戦争や旧ユーゴスラビアでの内戦などが起こって新たな文明・文化の危機の時代に突入したと言ってよく、この三大テーマについての哲学的関心は、その後もずっと続いている。

この二つの単著の他に、廣松渉氏や坂部恵氏の依頼を受け、副専攻であったミュンヘン大学神学部のゼミで書いた論文を発展させた形で、シュライエルマッハーについての包括的論文「シュライエルマッハーの哲学思想と学問体系」（廣松渉・坂部恵・加藤尚武編『講座 ドイツ観念論4 自然と自由の深淵』217〜258頁、弘文堂、90年）を発表し、また養老孟司氏の依頼で論文「進化論と社会哲学―その歴史・体系・課題」（柴谷篤弘他編『講座 進化2 進化思想と社会』196〜236頁、東京大学出版会、91年）を書いたりした。そうした成果もあり、93年春には教授に昇進できた。その間に、塩野谷祐一教授から一橋大学経済学部に後継者として来てほしいと依頼があったが、このような事情ではお断りするしかなかった。先生には申し訳なく思っている。

教授昇進後の数年間は、先に触れたように95年5月に妻を難病（アミロイドーシス）で失ったこともあって、精神的スランプに落ち込んだ。急に痩せ細る妻に対し、何もしてあげられなかったことを悔やんでいる。この年は1月に阪神・淡路大震災、3月に地下鉄サリン事件、5月にオウム真理教幹部の逮捕と衝撃的な出来事が起こり、それらとほぼ同時期の妻の病死は、私の心に深い傷を残した。

精神的に立ち直るきっかけとなったのは、若い時に影響を受けたヤスパースの言う限界状況という実存思想の支えと、96年4月の改組で東京大学大学院総合文化研究科国際社会科学専攻と所属名称が変わり、公共哲学という新しい科目の担当になったことによる気分転換である。それによって、私はこれまでの蓄積を踏まえて、新たな学問の開拓を始める気になったのである。

まず、創文社の現代自由学芸叢書として『新社会哲学宣言』（99年）を書き下ろした。この書は高度にアカデミックなためか、あまり反響を呼ばなかったが、プレ専門化時代（ヘーゲルまでの時代）、専門化時代（ヘーゲル以降、ヴェバーの学問論を経て現代に至る時代）、ポスト専門化時代（21世紀につくるべき時代）という学問論史観を導入し、生活世界とニュアンスを異にする「公共世界」という概念を導入したという意味で、重要な過渡期の作品と私は位置付けている。

その書き下ろし最中の98年秋に、韓国での大学教授を経て日本で活動している金《キム》泰昌《テチャン》氏からお誘いを受けて京都フォーラムに参加し始めたことで、私の視野が大きく広がった。最初はいぶかしく思ったこのフォーラムも、福田歓一、板垣雄三、溝口雄三、佐々木毅らの大先生が参加していることを知って安心し、参加を決めたのである。その他にもこのフォーラムを通して多くの方と知り合ったが、中でも千葉大学の小林正弥教授と東京工業大学の今田高俊教授との交流は長く続いている。東京大学出版会の竹中英俊氏ともこの時期に知り合った。また、99年にはソウル大学、北京の中国社会科学院、ケンブリッジ大学、ブリュッセルのEU本部などで会議に参加させていただき、2000年3月にはハーバード大学でチャールズ・テイラーやその弟子マイケル・サンデル（当時は日本であまり知られていなかった）らと討論したことは忘れ難い。またその後のオーストラリア国立大学（02年）や国立台湾大学（04年）でのシンポジウムも有意義だった。金氏と事務局長の矢崎勝彦氏には深く感謝している。

そうした中、私は現在の妻と出会い、1999年11月末に再婚した。私より11歳年下の妻は、1歳の時に交通事故で左手首を欠損し、義手を用いて生活しているが、性格的に前向きで明るく、私は内助の功たるパートナーとして最適の選択をしたと思っている。

その後半（2001年〜13年3月）

全世界を震撼させた2001年9月11日のアメリカ同時多発テロのニュースを

私が聞いたのは、息抜きのため妻と訪れていた沖縄の普天間基地近くのホテルだった。テレビを見た時、映画のシーンと思いきや、実際に崩れゆく世界貿易センタービルの映像だった。沖縄の基地には最高度の警報が出され、翌日の観光も重々しい気分になった。

これに対して、ブッシュ政権は国連のお墨付きを得てアフガニスタンを空爆したが、小林正弥教授が主宰する「対テロ戦争に反対する学者の有志」が同年暮れに千葉大学でシンポジウムを開き、少なからぬイスラム研究者も参加し議論し合ったことは忘れ難い。しかしそれ以上に私を批判へと奮い立たせたのは、03年のイラク戦争である。

イラクのフセイン大統領は独裁者とはいえ、アルカイーダとはほとんど関係がない。またブッシュ政権が口実とした大量破壊兵器も、国連の査察団によれば見つかりそうになかった。そうした状況の中で、アメリカが戦争に踏み切る大義名分はなく、実際、国連の安全保障理事会では、フランス、ドイツ、中国などの反対もあって、空爆に必要な賛成票を得られなかった。然るに、日本政府はこれを支持したのである。その際に影響力を与えたのは、読売新聞であり、また外務省に深いつながりを持つ東京大学の北岡伸一教授と田中明彦教授だった。

これには私も業を煮やし、小林教授が中心になって立ち上げた公共哲学ネットワークのメーリングリストで批判を始め、11月2日に東大駒場キャンパスの900番教室で行われた反イラク戦争集会では、読売新聞でアメリカのネオコンを称《たた》えながらイラク戦争を支持し続ける外交評論家の岡崎久彦氏のみならず、同じ大学に属する2人の教授の戦争正当化の発言を痛烈に批判したのである。さらに、八戸市でも04年に富岡敏夫氏の企画で行われたイラク戦争反対のミニシンポジウムに参加した。結局、フセイン大統領は身柄を拘束され刑死したが、その後のイラク情勢は安定せず、後にイスラム国（ＩＳ）を生む要因になったことを思えば、イラク戦争の誤りは大きい（反イラク戦争集会でのスピーチは本書第三部「日本外交の哲学的貧困と御用学者の責任」参照。なお、このスピーチを基にした「日本外交の哲学的貧困」が『論座』04年3月号に掲載された）。

そうした中で、京都フォーラム主催の公共哲学共同研究会の成果が東京大学出版会から『公共哲学』シリーズ全10巻（後に全20巻）として刊行され、一定のインパクトを与えた。だが私としては、独自の単行本を出したい気持ちになり、ちくま新書の担当者の勧めもあって『公共哲学とは何か』を書き下ろし、04年5月に刊行した。この新書については当初、意図的な酷評がアマゾンに載ったりしたが、その後、あちこちの大学入試問題に使われたりして、現在9刷に至っている。

私が思うに、公共哲学という名前は20世紀にアメリカのジャーナリストであるウォルター・リップマンや、日本の思想にも詳しい社会学者のロバート・ベラーらによって使われ始めたが、「善き公正な社会を求める実践的学問」という意味では、古代ギリシャのアリストテレスや古代中国の孟子から始まる由緒あるものだと言ってよい。最初はどの辞書にも記されていなかった公共哲学という項目も、『広辞苑』第6版（岩波書店）から設けられ、「市民的な連帯や共感、批判的な相互の討論に基づいて公共性の蘇生を目指し、学際的な観点に立って、人々に社会的な活動への参加を呼びかけようとする実践的哲学」という定義がなされている。現在の私は、公共哲学を「善き公正な社会を追究しつつ、現下の公共問題を市民と共に論考する学問」と定義するのが良いように思う。その意味で、私は02年に出した『経済の倫理学』（丸善）で用いた「民《たみ》の公共」「政府や官の公」「私の領域」の三元論的パラダイムをこの書でも用い、さらに05年の『社会福祉思想の革新―

福祉国家・セン・公共哲学』（かわさき市民アカデミー）でも活用した。

08年秋には編集者の勧めで、岩波ジュニア新書『社会とどうかかわるか—公共哲学からのヒント』を書き下ろした。この本で用いたキーワードは、私という個人一人一人を活かしながら、他者との関わり、公正さの感覚、公共活動、公共の福祉などを開花させるライフスタイルを意味する「活私開公《かっしかいこう》」である。それは、私という個人を犠牲にして、お国＝公や組織のために尽くすライフスタイルである「滅私奉公《めっしほうこう》」と、私という個人のために他者や公正さやルールを無視するライフスタイルを意味する「滅公奉私《めっこうほうし》」の双方に対峙するヴィジョンである。

それに対して、同じように当初はアマゾンで誹謗ともいえるような酷評（★1）が出たりしたが、その後、中学入試問題から大学入試問題まで毎年のようにこの本から出題されるようになり、今年度（17年度）第一学習社から出た高校教科書『国語総合』にその一部が収録されるまでに広まった。現在は6刷まで来ている。中高生がこの本を読んでくれると思うと本当に嬉しい。

同じ08年の1月に出した『グローカル公共哲学』（東京大学出版会）は、各自が置かれた現場や地域に根差しながら、グローバルな視野で政治、法、公共政策、経済、福祉、環境、メディア、教育などの在り方を考えようとしたアカデミックな書である。この書では現代哲学、特に解釈学的哲学の動向を踏まえ、応答的・多次元的・生成的「自己―他者―公共世界」理解を人間学的基礎とし、「現状分析（ある論）」「規範論（べき論）」「政策論（できる論）」の三大柱とその統合を学問的基礎とした。いろいろな内容を詰め込み過ぎた上に高価なためか、思ったほどの反響は呼ばなかったが、それなりに評価した書評も数多く頂き感謝している。なお、京都フォーラムの金泰昌氏からは「活私開公」や「グローカル」などのアイデアを頂き大いに感謝しているが、その意味を私なりに深めるにつれて双方に乖離が生じ、同年ごろに袂を分かつことになったのは残念である。

09年には社会思想史に関する新書の執筆を筑摩書房から依頼され、１９９０年代以降の世界情勢に対応し得る社会思想史のヴィジョンを著した『社会思想史を学ぶ』を刊行した。この書は『公共哲学とは何か』のようなヒット作品とはならなかったが、進化論、宗教、悪、人権、市民社会、福祉国家、異文化理解などの問題群をまとめることができ、私本人にとってはお気に入りの新書である。これらの問題群を重視したのは、２００４年以来、パリに本部を置くユネスコが主催する「地域間哲学対話（Inter-Regional Philosophical Dialogues)」に私が参加し始めたことが大きな要因になっている。

地域間哲学対話は、18世紀以降のヨーロッパ中心主義の哲学状況を打破し、今まで光の当たらなかった哲学的遺産を再発見・再評価するという意図で始まっていた。その関連シンポジウムに参加した地は、パリ以外に、モロッコのラバト、シチリア島のパレルモ、インドのムンバイ、ソウル、広島などである。私はそこで韓国の著名な哲学者でソウル大学名誉教授のインスク・チャ（In-Suk Cha）氏と懇意になり、交際は現在まで続いている。

日本からの最初の参加者は博識で知られる国際的哲学者の今道友信東大名誉教授で、彼のユーモアたっぷりの語り口と視野の広さには魅了された。彼はユネスコでの会議が政治色が強過ぎるという理由でその後のシンポジウムには参加しなくなったが、代わりに長らくユネスコに勤務していた服部英二氏と懇意になれたのは幸いだった。京都大学の西谷啓治の下で哲学を学び、パリに渡ってポール・リクールに師事し、ガブリエル・マルセルに関する修士論文を書いた後に、フランス人と結婚してユネスコに勤務した彼との対話は実に有益で、現在に至るまで

ユネスコ主催「地域間哲学対話」に初参加した際の筆者（右）。
隣は今道友信東京大学名誉教授＝2004年11月、パリ

親交を深めている。ハンティントンの『文明の衝突』に対抗してハータミ元イラン大統領がユネスコなどを舞台に唱えた「文明間対話」は、服部氏の発案が大きく影響しているといわれている。なおこの会議を通して発展させた「ＷＡの哲学」については、活私開公やグローカルなどと共に本書第三部で取り上げたい。

そうした中、11年3月11日に起こった東日本大震災は、実に大きな衝撃だった。津波によって2万人近くの死者・行方不明者を出した大惨事は、神の不在を表すかのように思えた。他方、福島第1原発事故は、津

波によって引き起こされた人災であり、厳しく責任が問われる東京電力をはじめとする原子力村の対応には激しい怒りを覚えた。

その年の夏休みに書き下ろし、12月に刊行したのが『公共哲学からの応答—3・11の衝撃の後で』（筑摩書房）である。この書では、政治家や組織のリーダーに要求される「滅私開公《めっしかいこう》」という理念も導入したが、刊行を機に、私はそれまで封印してきた原発への批判を始めるようになった。

くしくも同年ドイツで刊行された恩師シュペーマンの『「後は野となれ山となれ」でメルトダウン—原子力時代の驕《おご》り』は、保守的カトリック哲学者でありながら、50年にわたって反核の立場を貫いてきたシュペーマンの最新作であり、そこには東日本大震災後の緊急インタビューが含まれていた。この書の翻訳の必要性を感じた私は上智大学大学院生の協力を得て、知泉書館からタイトルとサブタイトルを入れ替えた形で12年12月に刊行した。また、シュペーマンの代表作の一つ『幸福と仁愛』も宮本久雄東大名誉教授兼ドミニコ会神父との共訳で東京大学出版会から15年9月に刊行できた。

ここで、08年から参加するようになった独日統合学術大会についても触れてお

ラバトで開かれた「地域間哲学対話」に参加する筆者（写真上・手前右から3人目）。懇意になったインスク・チャ氏（写真下・右）と共に＝2006年10月

かなければならない。僧侶である竹内日祥氏が理事長になり、その後ミュンヘン工科大学のクラウス・マインツァー教授がドイツ科学・工学アカデミーとの共催で、毎年晩秋のミュンヘンで開催するようになったこの学会は、忘れかけていたミュンヘンの想い出を復活させてくれた。また、福島原発事故を受けて22年の脱原発を決めた後の統合的な教育やエネルギー政策論がシンポジウムのテーマに選ばれるなど、内容も非常に充実していた（それについては本書第三部でも述べている）。

それと並行して、東大駒場キャンパスにあるドイツ・ヨーロッパ研究センター（DESK）は、ハレ大学と大学院生同士の交換留学制度を発足させ、そのテーマが「比較市民社会論」だったこともあり、私も参加するようになった。ミュンヘンがカトリックの牙城であるのに対し、ハレはルター派プロテスタントの牙城であり、双方を訪れながら、文化の違いをよく観察できたのは幸運であった。

ただし、ドイツ語で行う講義はなかなか大変で、特に1968年以降のドイツ社会と日本社会の対比を行った発表には苦労した。とはいえ、その発表のために70年代以降のドイツと日本の違いをあらためて再認識できたのは有益だった。定

東京大学で講義をする筆者=2010年12月

年退職直前の2013年1月の集中講義では、明治以降の日本の社会科学史をテーマに講義し、丸山眞男に関するミニシンポジウムを行って、このプロジェクトから身を引いた。

さて、駒場での四半世紀は、さまざまな同僚の知己を得たが、特に親しく付き合ったのは先に言及した宮本久雄氏（中世哲学、キリスト教神学）や山本巍氏（ギリシャ哲学）をはじめ、黒住眞氏（日本思想史）、大貫隆氏（新約聖書学）らである。そういう方々と、200人前後参加する定例教授会終了後に渋谷界隈でよく夕食を共にしたが、学内行政でかき回された後の彼らとの歓談はまさに清涼剤であった。彼らとはまた年1、2度、温泉旅行を企て、情報を交換し合いながら疲れを癒やした。

他方、私の在職中に私より若い同僚の死に直面し、落ち込んだことも忘れ難い。特に、同じ社会思想史研究室に属していたスピノザ研究者の柴田寿子教授の病死は本当に悲しくてやりきれなかった。他にも、哲学者の門脇俊介教授と北川東子教授、ドイツ思想史家の岡部雄三教授の病死もショックだった。駒場には人間関係のストレスは少ないと思うが、常に気持ちをハイテンションに保っていなければならないために生じるストレスは多いように感じる。実際、私自身も月に2回の鍼治療が欠かせないほどであることからして、かなりハードな職場であることは否めない。

そうした職場で私が関わった学位論文は、どれも高水準でユニークな内容だったと思う。この点で助けてもらった同僚の森政稔教授（政治思想史）には深く感謝したい。学部における1、2年生を対象とした公共哲学に関する授業（社会2）は、履修者が400人以上に及び、記述試験を採点する苦労は大変だった。東大では2年生の前半までの成績を基にして進路が決まる。そのため、採点は単なる

ＡＢＣＤではなく、素点で出さなければならない。その上、Ａに当たる80点以上は３割前後と決められている。そうした調整もしなければならない採点の時（２月）は、その採点だけに２週間以上費やした。そのような試験競争の試練を経て、２年時の後半から進学してくる総合社会科学科（当時）の学生は確かに優秀であった。私が、そこでの必修科目の一つである相関社会科学基礎論Ｉを長く担当させてもらったのは、ありがたい想い出である。

八戸との新たな関わり

ここで、東京大学在職時代の八戸との関わりを記しておこう。

まず、１９９２年に工藤欣一氏らの尽力により八戸市で開かれた大きなシンポジウムを機に、江戸時代のラジカルな思想家安藤昌益の意義について徹底して考えることができた。本書第三部でも触れるが、彼が18世紀に八戸から発信したメッセージの今日的意義は、「自然活真」という思想に基づくダイナミックな循環型社会、「互性」という思想に基づく相互依存社会、「男女《ひと》は万万人にして吾一人」

という思想に基づく平等主義的な個性主義―などであろう。2003年に天聖寺で、昌益を巡る柾谷伸夫君の一人芝居に花を添えるシンポジウムに参加させてもらい、前述の『公共哲学からの応答―3・11の衝撃の後で』の第4章でも彼の意義を論じた。

また、本書第一部で想い出を語った我が母校の白菊学園小学校改め八戸聖ウルスラ学院小学校では1988年秋に、第三中学校では当時のPTA会長、近藤悦夫君の計らいで98年7月に、八戸高校では第一部末尾で述べたように当時の校長袴田健志氏の計らいで2005年9月に在校生を前に講演できた。毎年開かれる八高同窓会では、19期生が担当責任者だった1996年9月に嶋守直人君の計らいで講演させていただいた。その時の演題「20世紀の歴史、これからの日本、そして八戸」は、後に私が頻繁に用いるようになったグローカルという発想の源の一つになっている。また2008年に当時の校長山内重孝君や菊地敏男君の計らいで八戸東高校でも講演し、その時の写真が前述の『社会とどうかかわるか』の191頁に掲載されている。

しかし何といっても、私が責任を持って八戸と関わるようになったのは、小

八戸市が主催した「八戸大使と語るまちづくりシンポジウム」で語る筆者
＝2006年11月29日

林眞現市長の計らいで06年夏に八戸特派大使になってからであろう。それを機に、私は八戸の街づくりに関心を寄せるようになり、石橋司さんと付き合うようになった。石橋さんがまとめ役を務めた10年1月の「まちなか活性化市民フェスタ」では「活私開公」の街づくりの意義を強調し、弘前大学の北原啓司教授をはじめ多くの方々から賛同の声を聞けた時は嬉しかった。懇意になった石橋さんとはその後もいろいろな催しを企画し、今日に至っている。

　私事に関していえば、第一部で

紹介した私の父（養父）が02年11月に、伯母（実母）が05年9月に、母（養母）が08年9月に逝去した。特に私が経済的に自立するまでを支えてくれた両親（養父母）には深く感謝したい。

定年退職し、いざ星槎大学へ

東京大学の定年は年金制度に見合う形で61歳から65歳までのスライド制であり、私の場合は64歳だった。その後の仕事の場は、これまでに培ってきた知見や経験をできるだけ活かせる所という思いが強かった私は、学生の約7割が社会人で、平均年齢が36歳前後という通信制の星槎《せいさ》大学に決めた。星槎大にご縁ができたのは、難病の一つでありながら難病に指定されない慢性疲労症候群（その後、筋痛性脳脊髄炎／慢性疲労症候群［ME／CFS］と名称が変更された）の方々との交流を2010年ごろから始め、そこでの若い社会学者の細田満和子さんとの出会いによってである（これに関しては本書第三部「健康と公共哲学」を参照されたい）。彼女の紹介で星槎グループの宮澤保夫会長と、彼の愛弟子である井

星槎グループの宮澤保夫会長（左）、井上一理事長（右）と並んで
＝2017年9月、神奈川県大磯町

上一理事長（現在星槎大学長を兼務）と知り合い、「現場と理念と政策をつなぐ形で、現在の公共的問題に実践的に取り組む」公共哲学が活かせる場だと実感し、定年の半年前に再就職を決めたのである。

宮澤会長は、自伝『人生を逆転する学校』を読めばすぐ分かるように、実に破天荒で魅力ある人物である。また早生まれの私より学年が1年下とはいえ、ほぼ同級生のようで、育った時代も重なり、昔話がよく合い意気投合した。また星槎グループが経営する幼稚園、中学校、高校、大学の独自の「人を認める」「人を排除しない」「（その上で）仲間を作る」という教育理念にも深く感動した。本書第一部で述べたような私の過去のさまざまな想い出を活かすことができる場だという気持ちにもなったのである。

かくして、私は13年3月半ばに、星槎大が教育、福祉、環境、国際関係などの分野から成る「共生科学部」の単科大学であることに鑑み、「共生のためのグローカル公共哲学」と題する東大での最終講義を行った。講義には東大の同僚や、京都フォーラムの矢崎勝彦事務局長と、思想的に袂を分かった金 泰昌氏も参加してくれたし、家族ぐるみで親交のあった堀徳郎八戸高校元校長や、幼なじみであった高島司八戸市総務部長（当時）もこのために上京してくれた。さらに、4月から勤務することになった星槎大のスタッフの方々も来てくださり、私はこれからの門出を記念してもらうような気持ちで、四半世紀勤めた東大を去ったのである。

星槎大学などでの諸活動──現在を振り返る

星槎大学は、学生の多くが社会人であるため、テキストを読んでの課題レポート提出と、土日に行われるスクーリングと最終試験という形式で授業が行われる。スクーリング会場は、主に全国各地の星槎国際高校が充てられるため、北は北海道から南は沖縄まで授業に出掛けることになる。また、教員が10年に1回受けなければならない教員免許更新講習に力を注ぎ、星槎大客員教授でもある歌手の加藤登紀子さんらを招いて沖縄で平和問題を考えるとか、福島で原発被害を考えるという深刻なテーマを、全国各地の会場を結んで先生方に論じてもらうという他ではできないユニークな内容で実施し、全国一の履修者数を得ている。また、発達障がい（この名前を私個人は好きでないが）など特別支援を必要とする生徒のための教育にも力を注ぎ、実際にそのような悩みを抱える多くの保護者の方々も大学に編入してこられる。その他、現場の先生や介護士の方々の入学者も多い。ちなみに八戸あおば高等学院も星槎グループに属していないとはいえ、その連携校である。

星槎高校や星槎国際高校ではサイパンに修学旅行に出掛けて、当地の高校とも交流している。くしくも私は、まだ星槎グループを知らなかった2012年の正月にサイパンを訪れ、太平洋戦争期に多くの民間の人々が身投げしたバンザイ・クリフの前で戦争の悲惨さに思いを馳せたことがある。若者の平和教育はこういう悲惨さを肌で感じることから始める必要があると切に思う。また星槎大は、ブータン王国と積極的に交流を行っており、ロイヤル・ティンプー・カレッジから短期留学生を毎年受け入れ、ブータンが国是とする国民総幸福（GNH）から刺激を得て、「公共的な幸福」とは何かを問い掛けている。

さらに13年に開設された大学院では、看護教育研究コースも15年にスタートし、弘前高校から東京大学医学部に進んだ若手の教授らが看護師の方々に授業を行い、好評を博している。現場で悩みつつ入学してくる看護師や学校教員（校長先生を含む）から私自身を含めた教員が学びつつ、示唆的な形で指導するという形式の授業は、これからの日本でもっと発展させなければならず、これこそが理想の生涯教育であろう。17年8月現在、副学長を務めながら、そのような思いで毎日を送っている次第である。

ブータンからの留学生と共に撮影＝2016年2月、横浜市

沖縄での教員免許更新講習会にて加藤登紀子さんと一緒に＝ 2013 年8月

現在の私は、メインである星槎大での活動以外に、アカデミックな活動も続けている。13年に2代目所長に就任した統合学術国際研究所は、従来の縦割りの学問体制の弊害を乗り越えるべく、前述のように若い頃影響を受けた八木誠一氏や、比較文明学の大家である伊東俊太郎氏をはじめ、日本の学問界の重鎮を顧問や理事やコア・メンバーとし、毎年研究会を催している。この研究所は前述したように、ミュンヘン工科大学のクラウス・マインツァー教授やドイツ科学・工学アカデミーと共に、毎年秋に独日統合学術大会を主催しており、その成果はドイツ語で出版されている。

この研究所での研究会の成果の一つは、そうそうたる学者を集めて編んだ『科学・技術と社会倫理―その統合的思考を探る』(東京大学出版会、15年)があるが、今年度(17年度)中には、第一線で活躍中のメンバーを集めて編んだ『教養教育と統合知(仮題)』(東京大学出版会)も刊行の予定である。この本は現代社会の諸課題に応えるべく「専門教育を学んだ後の教養教育の復権」をテーマとしているので、関心のある方にぜひとも読んでいただきたく思う。

ちなみに、石橋司さんの計らいで、この活動の中で知り合った鈴木達治郎前内閣原子力委員長代理を、旧知の今田高俊氏と共に15年6月末に八戸市に招き、核廃棄物や六ケ所問題に関するミニシンポジウムを行うことができた（これに関しては本書第三部の私見創見「行き詰まる原子力政策」を参照していただきたい）。

付言すれば、原発問題に関する視野がドイツ中心に偏らないように、長らく付き合いのあるアラン＝マルク・リュー教授の招待で、原発大国であるフランスのリヨン大学で2度講演した（これに関しては本書第三部の私見創見「刺激的なシンポジウム」を参照のこと）。フランス南東部に位置する美しい大都市リヨンは、サン＝テグジュペリの出身地であり、また日本で活躍したネラン神父の出身地でもある。料理もおいしく、パリと違って人々も比較的人懐こく、私はミュンヘン同様にこの街が好きだ。

ところで、一昨年（15年）逝去された我が恩師、塩野谷祐一・一橋大学名誉教授の業績を評価する内外のミニシンポジウムが開催され、若い頃からよく知っている私としては、先生の多岐にわたる業績を包括的にまとめる発表をパリ大学で開かれた欧州経済思想史学会や、アメリカのデューク大学で開かれた北米経済思想史学会で行った。これを機に、あらためて「共生のための経済哲学・経済倫理」

に着手しなければという思いも強くしている。

また現在の国際状況に鑑み、「宗教間対話や相互理解のための公共哲学」にも久しく取り組んでおり、特に仏教者から招かれて講演する機会が最近増えている。キリスト教徒であるが故に、私は仏教の各派に対して中立的なスタンスを貫くことができるので、今後もコミットを続けたい。

さらに取り組まなければならないのは「メディアの公共哲学」である。「フェイクニュース」や「ポスト真実」などが取り沙汰されている現状は、古代ギリシャのソフィストの時代を彷彿させる。20世紀に公共哲学を唱えたアメリカのジャーナリスト、ウォルター・リップマンは、この問題に早くから警鐘を鳴らしていた。ジャーナリズムの在り方を含め、「メディアと真実」を具体例に即しつつ考える新しい学問分野の創設が望まれるゆえんである。

哲学全般に関していえば、前述したユネスコ主催の「地域間哲学対話」は、残念ながら諸般の事情で頓挫しているが、そこで培った問題意識を基に、昨年ようやく英語の書き下ろし単行本『Glocal Public Philosophy』をドイツのLit出版社から刊行できた。これを機に「21世紀の現代哲学」を国際的視野で展開するのも私の今の課題であり、以下のようなものを下敷きに考えている。

1　自然における人間の位置
　―自然哲学の課題：ポスト・ダーウィニズムの哲学、生命倫理等々

2　科学・技術の進歩と社会倫理
　―社会哲学の課題①：近代のプロジェクトと核文明、環境倫理等々

3　文化と歴史の多様性と普遍的価値
　―社会哲学の課題②：ポスト・世界人権宣言の哲学、世界平和と公共的記憶の哲学等々

4　人間と政治の関わり方
　―政治哲学の課題：権力論と正義論、公共圏の行方、メディアの役割等々

私の精神的エネルギーはいつまで続くか分からない。しかし、星槎グループは、神奈川県の後押しもあって、「人生100年ライフデザイン」を立案し、実践しようとしている。健康に十分留意しながら頑張り続けたいと思う。

第三部

「私見創見」を中心に

―極めて、真摯に―

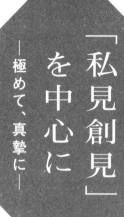

デーリー東北コラム「私見創見」

原始から原子へ ――青森県で人類史を考える

「原始時代から原子時代へ―青森県で人類の歴史を考えよう」。これは、私が講演などで折に触れて唱えてきたキャッチフレーズである。

最初に私がこのフレーズを思いついたのは、1998年にある友人から、彼が設立した育英会の招きで旧南郷村（現八戸市南郷）にやって来る予定の北京大学の学生たちを前に、英語で講演するよう頼まれた時であった。

私は、何をテーマに話そうかと思案しながら、青森市の三内丸山遺跡から六ケ所村の核燃料再処理施設までいとこの車でドライブし、身近な所にある大きな人類史的問題に気付いたのである。「げんし」という掛け言葉を英語で伝えることはできなかったにせよ、優秀な北京大学の学生に何らかの刺激を与えたと思う。

その後、このフレーズを自分なりに考え続け、それから10年たった2008年6月に八戸東高校で講演した際には「是川遺跡から六ケ所村まで」と置き換えて援用し、同年11月刊行の岩波ジュニア新書『社会とどうかかわるか―公共哲学からのヒント』（現在6刷）の末尾でも援用したが、このテーマは実に深刻な問題を孕《はら》んでいると思う。

周知のごとく、ルネサンスの三大発明として「羅針盤、活版印刷、火薬」が挙げられる。その発明を受けて、当時の大思想家フランシス・ベーコン（1561～1626）は「技術によって自然を支配し、人類の福祉の王国をつくる」ことを「夢」見た。そして彼の夢の多くは、その後の歴史の中で実現されたが、「悪夢」をも生じさせることになった。三大発明の一つである火薬は、初めから軍事技術を連想させるきな臭いものであり、その発展が20世紀に入って大量破壊兵器を生み出したからである。

そして第2次世界大戦後、「原子力の平和利用（Atoms for Peace）」の名で推進されてきた原発も、放射性廃棄物を累積させることによって人類の未来を脅かしかねない副産物を生み出すことが、今や広く認知されている。

六ケ所村には日本原燃の広報館があり、そこでは核燃料サイクルがもうすぐ始まると謳《うた》われている。しかし、脱原発を決めたドイツはもとより、原子力大国のフランスでさえもスーパーフェニックスという高速増殖炉が故障続きで１９９８年に廃炉が決まった。

日本では、高速増殖炉もんじゅが95年に事故を起こして以来ほとんど稼働していない。こういう状況の下で、核燃料サイクルは「夢想」にすぎなかったのではないか、との認識が広まっている。放射性廃棄物の最終処分をどのようにするのかという問題は、ドイツにおいてすら決まっていない。

技術の進歩は、一方で電気、飛行機、コンピューターなどの文明の利器や、結核など不治とされていた病を克服する薬品をつくり出すなど、明らかに人類の歴史に貢献した。だが他方それは、プルトニウムやサリンなど猛毒の人工物をも創造した。

その意味で、青森県というローカルな場所で人類普遍のグローバルな問題を考えること、私自身の言葉で言えば「グローカル」な問題を考えることの重要さを切に思う今日この頃である。

（２０１３年1月21日付）

知と自然の調和 ―グローカルな再発見

前回のコラムの末尾で「グローカル」という和製英語を用いた。この言葉は『日経グローカル』という雑誌をはじめ、今の日本でかなり使われ始めているようだ。隣県でも岩手県国際交流協会が「いわてグローカルカレッジ」を催しており、私も昨年12月に盛岡駅北口のモダンな建物の中でスピーチを仰せ付かった。その内容は、私が数年来追究している「グローカルな公共哲学」という観点から、北東北の活性化の可能性を探る試みだったが、今回は八戸ないし南部地方のグローカルな再発見を探ってみたい。

まず、私が使うグローカル（glocal）の意味をはっきりと定義しておこう。そもそも、英語のローカルは「田舎」ではなく、「その地方に特有な」とか「一定の場所の」を意味し、グローバルは「地球的な」を意味する。

私はこの二つを組み合わせ、「それぞれの地域や現場に即しながら地球的な意味を持つ」という意味の形容詞としてグローカルを用いている。だとすれば、八戸とグローカルはどう結び付くのか。

私が専門とする思想史や公共哲学という観点から、真っ先に挙げられるのは何といっても安藤昌益であろう。彼が18世紀に八戸から発信したメッセージは、「自然活真」という思想に基づくダイナミックな循環型社会、「互性」という思想に基づく相互依存社会、「男女《ひと》は万万人にして吾一人」という思想に基づく平等主義的な個性主義、などである。さらに、お上《かみ》が人々に一方的に命令することを「公とは道の盗みなり」と批判した彼は、天聖寺で「人々と共に議論」して物事を考える「公共的知識人」であった。

このように、エコロジー、互恵主義、フェミニズム、平等主義、個性主義、民主主義的公共性など、21世紀の地球社会が必要としている多くの思想を、18世紀に生きた昌益が先取りしていたのは驚くべきことであり、これらの思想はまさにグローカルな八戸の知的遺産に他ならない。

次に、八戸も属する南部文化圏に広げれば、こうしたエコロジカルなグローカル思想は宮沢賢治に引き継がれよう。昌益と賢治は、時代も宗教観も異なっているが、大和イズムやナショナリズムを超えた宇宙論的メッセージを持つという意味で、共にグローカルな思想家といえる。

また、両者に比べ知名度はずっと低いが、五戸出身の思想家江渡狄嶺《えとてきれい》も今日再評価されるべきグローカルな思想家であろう。トルストイに心酔し、東京で「百姓愛道場」をつくり、晩年は「場」の哲学を展開した彼の意義を、あらためて五戸地方で再考するのも面白い。

この3人はいずれも自然と文化（作為）の調和を唱えたグローカルな思想家であるが、最後にそうしたグローカルな観光地として、このたび三陸復興国立公園の北の玄関口として認定される運びとなった種差海岸を挙げておきたい。

「宇宙人に地球の美しさを教えなければならない時は、最初に種差海岸を案内する」という内容の司馬遼太郎の一節は、種差のグローカルな意義をぴったりと言い当てている。

貴重な植物が生息している種差海岸を歩きながら、グローバルなレベルで論じられている生物多様性について考えを巡らし、また、種差をモデルにして描かれた東山魁夷の「道」を思い浮かべて、これからの地球が進む道に考えを巡らすことは、まさに「グローカルな散策」といえるだろう。（２０１３年2月25日付）

教養の力　――専門主義を乗り越える

私が東京大学駒場キャンパスに赴任したのは1988年4月のことである。それから25年たって定年退職を迎えることになり、去る3月16日に最終講義を行った模様が本紙（デーリー東北）同19日付に掲載された。そこで今回は、私が四半世紀を過ごした東大教養学部にちなんだテーマを語ることにしよう。

多くの人々が赤門、安田講堂、高級官僚養成機関などのイメージで描く東大本郷キャンパスと違い、駒場キャンパスはかつて新渡戸稲造も校長を務めた旧制一高の伝統を引き継ぎつつ、教養教育と学際性を学問理念に堂々と掲げている。しかしこの理念は、かつての一高がそうであったような、専門に進む前段階の準備教育を意味するだけではない。

確かに東大の新入生は全員、専門課程に進む前の2年間、教養学部で学ばなければならないが、教養学部には3年生と4年生のための教養学科も存在し（ちなみに、この学科に進むためには入学後の高い平均点の成績が求められる）、さらに駒場キャンパスには、他大学から優秀な学生が入学してくる「総合文化研究科」

という名の大学院も存在する。すなわちそれは、専門教育の偏りに対抗する新しい学問観も意味している。

この点に関して、教養学部の生みの親であった戦後の初代総長南原繁《なんばらしげる》は、教養学部報の創刊号（51年4月）で次のように述べていた。

「教養の目指すところは、諸々《もろもろ》の科学の部門を結び付ける目的や価値の共通性についてであり、かような価値目的に対して、深い理解と判断をもった人間を養成することである。われわれの日常生活において、われわれの思惟《しい》と行動を導くものは、必ずしも専門的知識や研究の成果ではなく、むしろそのような一般教養によるものである。それは究極において、われわれが一個の人間として人生と世界に対する態度、随《したが》って道徳と宗教にまで連なる問題である」

南原のこの考えは、教養力と人間形成の双方を意味するドイツ語の「Bildung（ビルドゥング）」に基づいており、古風な印象を与えるが、決して過去のものではない。逆に、過度に専門化された現在の学部編成を乗り越えるものとして、ますます重要なメッセージになると私は思う。

現代は原発をはじめ、地球環境、平和、福祉、金融、財政、メディア、ＩＴや

ＡＩなど多くの公共的問題が山積しており、それらの問題を論考するためには、狭い専門主義を乗り越える学際性と教養力が必要になるからだ。実際に、私が所属してきた教養学科の総合社会科学分科は優秀な学生を輩出してきたし、私が授業を受け持ってきた公共哲学は、社会の諸領域に見いだされる公共問題を論考するという点で、あらゆる学問と接点を持っている。

公共哲学については日をあらためて詳しく語ることにして、今回は、こうした意味での教養力を、これからの若い世代がどれだけ身につけるかによって、今後の日本のソフトパワーが決まるであろうことを強調しておきたい。

グローバル化の中でこれから必要とされる人材は、単に英語をペラペラ喋る能力を身につけた人間ではない。英語などの外国語を使いこなしながらも、日本語での思考力を疎《おろそ》かにせず、物事を多面的に捉えながら総合的に判断していく教養力を身につけた人材こそが日本の将来を担い得るだろう。

（２０１３年４月１日付）

公共哲学　――現場、理念、政策をつなぐ

私が長年勤めた東京大学教養学部での担当科目の一つは公共哲学であった。現在勤める星槎《せいさ》大学でもこの科目を担当している。そこで今回は、この耳新しい学問について述べてみたい。

私は1996年以来、この科目を担当したが、時期をほぼ一にして早稲田、千葉、学習院などの他大学でも公共哲学の科目が設けられ、民間主催のフォーラムでもさまざまな分野の第一人者を招いて活発な討論会が行われ、その成果が全20巻から成るシリーズ本（東京大学出版会）にもなった。

そして、2008年刊行の『広辞苑』第6版（岩波書店）を紐解《ひもと》くと、公共哲学の定義として「市民的な連帯や共感、批判的な相互の討論に基づいて公共性の蘇生を目指し、学際的な観点に立って、人々に社会的な活動の参加や貢献を呼びかけようとする実践的哲学」と記されている。

第5版までの『広辞苑』に公共哲学という項目がなかったことに鑑みれば、ようやく日本でこの学問が広く承認されたという思いを禁じ得ない。

現代のアメリカで公共哲学の第一人者といえば、10年以降、日本でもテレビ番組「ハーバード白熱教室」ですっかり有名になったマイケル・サンデル（1953〜）であろう。しかし私は、この学問の伝統は、アリストテレスの実践学（倫理学・政治学・説得術）と孟子の思想にさかのぼり得ると考えている。

実際、「善き市民生活」を追究するサンデルの思想は、現代のアリストテレス主義と呼ばれる内容を展開しているし、「始端の心」という人間観、「王道」を求める政治観、「恒産なくして恒心なし」という経済観を唱えた孟子の思想は、現代にも通じる内容を持つ。

思うに、現代の公共哲学が担うべき大きな役割は、政治、経済、法律、教育、メディア、科学技術、環境、宗教等々、社会のさまざまな領域に見いだされる公共的な諸問題を巡り、多様な「現場」と「理念（ヴィジョン）」と「政策」をつなぐことにある。

故にそれは、既存のタコツボ化された学問分類を打破して、学際的な研究を促すだけでなく、アカデミズムを超えて、さまざまな職業の方々との対話や討論も促す。公共哲学の担い手は学者だけではなく、多種多様な現場において公共世界

正誤表

本書132ページにて、誤りがございましたので、下記の通り訂正します。

誤	始端の心
正	四端の心

深くお詫び申し上げます。

に関わる人々でもあるのだ。

「より良き公正な社会」を追究しつつ、一般住民、公務員、政治家、ジャーナリスト、教員、経営者、技術者、医療関係者、宗教関係者、ＮＰＯ関係者などがそれぞれの現場で抱える公共的諸問題を論考することが公共哲学のエキスを成すと言ってよいだろう。

そしてその際、「個人と社会の関わり方」という根本問題を避けることができない。戦前の日本では、私という個人を犠牲にして、お国＝公のために尽くすライフスタイルとしての「滅私奉公《めっしほうこう》」が理想とされた。

しかし、このようなライフスタイルは、個人の尊重を謳《うた》う現憲法（13条）と両立しないし、私自身も望ましいとは思わない。他方、今日では、公共の利益や福祉を無視して私利私欲を追求するライフスタイルとしての「滅公奉私《めっこうほうし》」や、自暴自棄や無気力な生き方としての「滅私滅公《めっしめっこう》」も目につく。

それらに対して私は、個人一人一人を活《い》かしながら、人々の公共活動や公共の福祉を開花させる「活私開公《かっしかいこう》」を理想的なライフスタイルとして推奨したいが、このテーマは次回に掘り下げて述べることにしよう。（２０１３年5月13日付）

活私開公のススメ ―個性活かし公共を開花

前回のコラムの末尾で、一般にはほとんど知られていない「活私開公《かっしかいこう》」という言葉で、理想のライフスタイルを推奨したいと述べた。今回はこのテーマを少し掘り下げてみよう。

筆者が思うに、「個人と社会の関わり方」には、概して五つのパターンがあると思う。

その一つは、私という個人を犠牲にして、お国=公のために尽くすライフスタイルともいうべき「滅私奉公《めっしほうこう》」である。これは、特に1930年代から敗戦までの日本人に強いられ、美化されたライフスタイルで、「欲しがりません勝つまでは」などの標語に代表されるように、1890年に発布した教育勅語の下、当時、美徳として教え込まれたものである。しかし、このようなライフスタイルは戦前の日本に特有なものではない。

それは、文化大革命時代の中国や現在の北朝鮮にも見られるし、公の意味を広く取れば、組織のために個人を犠牲にするという意味で、戦後の日本でも過労死・

過労自殺、家族を顧みない超会社人間、生徒の自発性を封じる超管理教育などに見られると言ってよい。

次に、私という個人のために、他者や公正さや公共の福祉を無視するライフスタイルとしての「滅《めっ》公《こう》奉《ほう》私《し》」が挙げられる。これは端的にエゴイズムと呼ばれるもので、教育の場での私語、えこひいき、アカハラなど、企業の中での汚職やパワハラなど、社会生活でのプライバシーの侵害、巻き添え自殺、過度の優勝劣敗（弱肉強食）などが、それに当たると言ってよいだろう。

そして、最近の日本で増えている自暴自棄、無気力な生き方、ニヒリズムなどは「滅《めっ》私《し》滅《めっ》公《こう》」と呼ばれ得るだろう。「滅公奉私」と違って、このライフスタイルは他者だけでなく自分自身も愛していない点に特徴を持つ。

これらに対し、冒頭で述べた「活私開公」は、私という個人一人一人を活《い》かす形で他者と関わり、人々の公共活動や公共の福祉を開花させるライフスタイルを意味する。一人一人の個性は、自分一人の力では十分に活かすことができず、そのためには他者による配慮（ケア）や他者との協働が必要となる。

実際、教育や福祉活動はそのために存在すると言ってよい。人間が社会的存在と呼ばれるゆえんである。これは、憲法13条で謳《うた》われた「諸個人の尊重や幸福追求権」と「公共の福祉」を両立させるライフスタイルだと筆者は考えたい。

そして、このライフスタイルを補完する最後のライフスタイルとして「無私開《むしかい》公《こう》ないし滅私開公《めっしかいこう》」を挙げておこう。

これは、私利私欲をなくして、他者や公共活動や公共の福祉を開花させるライフスタイルを意味し、憲法15条で謳われる「全体の奉仕者」としての公務員の他に、政治家、組織のリーダー、教育者、医療関係者、篤実な宗教家などに職業義務として、また養育者や保護者などにも要求されるものである。

このように、「活私開公」を理想のライフスタイルとし、その実現のための「無私開公ないし滅私開公」のライフスタイルの組み合わせによるシナジー（相乗効果）が起こることこそが、元気と思いやりに満ちた日本社会を実現するために不可欠ではないだろうか。

（2013年6月24日付）

ドイツの脱原発　――将来世代に負担課さず

私は1978年3月から82年3月までの4年間、ドイツのミュンヘン大学に留学した。その縁もあって、ドイツの学者や知人たちとの交流は現在まで続いている。そこで、今回はドイツの脱原発の話をしたいと思う。

周知のごとく、第2次世界大戦後のドイツは東西に分断された。旧ソビエト連邦の支配下に置かれ、共産党独裁政治によって国民の政治的自由が著しく制限された東ドイツ（49年成立、90年10月3日西ドイツに併合）では、政府の指令でトップダウン式に原発設置が決定され、脱原発運動が起こる余地もなかった。それに対し、西ドイツでの脱原発に至るまでの歴史は劇的な様相を呈している。

当初、西ドイツでは55年に連邦原子力省が発足し、与野党とも、電気料金を下げ生活水準を上げるという理由で原発を支持した。電力会社は2010年までに120基の原発建設という計画を立て、ライン川流域を原発銀座にする予定だった。しかし、1970年代、原発冷却塔からの蒸気のために気候変動が起こり、ブドウ栽培に悪影響が出ることの恐れから、原発建設反対の大きな運動が生じ、

80年代には反原発を掲げる「緑の党」が結成され、連邦議会で議席を獲得した。

そして、86年のチェルノブイリ原発事故により風で運ばれた放射性物質が南ドイツの農作物に大きな被害をもたらしたことで、放射能汚染の危険性を人々は肌で感じるようになり、保守のキリスト教民主同盟にも脱原発を唱える議員が増え始めた。

そうした中、2000年6月に社会民主党と緑の党の連立政権は、大手電力4社と、減価償却を終えた原発を廃炉にし、22年ごろに脱原発を終了するという合意に至った。然《しか》るに、09年に脱原発を掲げる社民党との大連立を解消して、原発推進派が大多数を占める自由民主党との連立政権を組んだキリスト教民主同盟のメルケル首相（物理学博士）は、電力会社の要請の他に、地球温暖化対策のために原発が必要というレトリックを用いて、原子炉の稼働年数の延長を企図した。

ところが、11年3月に福島第1原発事故を知った彼女は、直ちに原発7基を止める措置を取り、その後に倫理委員会を発足させた。その17人のメンバーには、超党派の政治家や学者以外に、カトリックの司教とプロテスタント教会監督も含まれている。この委員会は、全面否定派と比較考量派の双方の合意として、21年までの全原発の廃止、50年までにCO_2排出量を1980年比で80％削減という目標設定、従来の太陽光・太陽熱に加えて、原子力に代わる新たな電力を風力、ガス、石炭、褐炭、バイオマス、水路、揚水などの建設で確保できるという趣旨の提言書を政府に提出。それを受けてメルケル政権は、2022年までの全原発の廃止を決定した次第である。

ここで忘れてならないのは、大地震の恐れのないドイツでのこうした展開に、「将来世代に放射性廃棄物を残すことは倫理に反する」という思想が与えた影響である。例えば、私の恩師であり保守哲学者として名高いローベルト・シュペーマンは、原発稼働が将来世代に大きな負担を課すが故に倫理的に正当化され得ないという趣旨の論文を1979年に発表し、カトリック教会に大きな影響を与えた（『原子力時代の驕《おご》り――「後は野となれ山となれ」でメルトダウン』知泉書館）。これは、ドイツの反原発運動の担い手が左派勢力だけではなかったことをよく物語っている。日本での脱原発を巡る議論はまだ始まったばかりで、ドイツとの落差は大きいが、以上の話がこの問題に関心を抱く方々にとって何らかの参考になれば幸いである。

（2013年7月29日付）

受験は特殊なゲーム ——探究心、思考力を育てよ

この4月から職場を変えることになったのをきっかけに、最近あらためて教育や学習について考えを巡らすことが多くなった。言うまでもなく、日本の教育界を貫いているのは受験体制である。その頂点に立つのが東京大学であり、そこに25年間勤務した私が言うのは憚《はばか》られるが、入試競争は一つのゲームにすぎないと考えるのが妥当だろう。換言すれば、東大合格など「特殊な知識と学習」を前提にしたゲームの勝利にすぎないのである。

然《しか》るに、毎年約3千人の新入生の中には、あたかも知力や思考力全般の勝者と勘違いする学生もおり、そういう学生が何らかの挫折を体験した時、立ち直るのが困難な場合も少なくない。もちろん、受験勉強などは余技にすぎないと割り切り、スケールの大きな思索に励む学生もいたし、受験勉強とは無縁で過ごし、他大学から入ってくる優秀な大学院生にも多く出会った。

いずれにせよ、研究職に就いている私が言いたいのは、受験勉強で得た知識など些細《ささい》なものでしかなく、それ以外の探究心、思考力、想像力などが、特に社会

科学系の創造的な研究にとって重要な役割を演じるということである。

我が身を振り返れば、八戸市立第三中学校時代の私（2期生）は、ばらばらの知識の詰め込みを強要される定期試験が嫌でたまらなかった。私は学校で教わる科目には大した興味を覚えず、専ら自分の趣味に頭を使った。当時の私の趣味といえば、ポップソングや流行歌、プロレスやボクシングやプロ野球といった実にたわいのないものである。

例えば、当時、私が覚えていたプロレスラーの名前は優に100人は超えており、その評論家としての私の紹介記事が当時の三中の校内新聞に掲載されたが、それはおそらく今でも保存されていることだろう。また当時、ちょうど海外ではビートルズがデビューし、国内ではブラックジョーク的な歌詞の植木等の歌が流行しており、それを諳《そら》んじていた。

加えて、時事問題についての好奇心が人一倍旺盛で、キューバ危機の時には、クラスでただ一人核戦争の脅威におびえていた。そうした過去の自分を思い起こすことで、1960年代前半がどのような時代だったのかを、今でも生き生きとイメージすることもできる。遊び心によって、学校の勉強では身につかない自由奔放な想像力が、私の中に培われたのかもしれない。遊びが学びに通じるゆえんである。

　というわけで、八戸高校（19期生）の入試成績はひどかった。ただ、負けず嫌いの性格もあってか、東京オリンピックが終わった1年生の秋ごろから、試験に勝つというゲーム感覚で、学校で教わる「特殊な知識の習得」に励み、3年時には何とかトップクラスのお仲間入りを果たすことができた。しかしその代価として、自由奔放な想像力や他人とのコミュニケーション能力がかなり失われてしまったことは、苦い想い出として残っている。

　最初に述べたように、受験勉強など特殊な知識と学習を前提にしたゲームにすぎず、社会人として必要な公共心や総合的判断力とは無縁で、創造的な研究にとっても、あまり意味を持たない。現在の私の研究活動（公共哲学）のばねとなっているのは、試験勉強で得た知識よりも、中学校時代に得た探究心や社会的想像力の方が大きい。私が中学を過ごした時から半世紀たった今、強くそう感じる次第である。

（2013年9月16日付）

「海村」――まさにグローカルな芝居

人間は無色透明な世界で生きるのではなく、ある特定の自然的、文化的、歴史的環境の中で生まれ育ち、生涯を終える。その様相は人によってさまざまであり、それを生涯の中でどのように受け止めて解釈するかは各自に委ねられる。

20世紀最大の哲学者の一人とされるマルティン・ハイデガーは、名著『存在と時間』（1927年）で、「世界内存在」をはじめ、難解な諸言語を用いながら、そのような人間存在の実態に迫った。

そもそも英語のhistory（歴史）とstory（物語）が重なっているように、個人の歴史物語が私的なものにとどまらず、その背後にある歴史的出来事と重なる時、それは身内以外の他者と分かち合えるという意味での公共性を帯びる。

それ故現代では、人間を抽象的な理性的存在者としてよりも、具体的な歴史的生を語る「物語的存在者」として捉える哲学者も少なくない。その上で、近代の産業化や経済発展によって失われたものを探求する批判的な哲学書も、東西を問わず存在する。

去る9月26日の夕刻に、八戸高校120周年記念行事の一環として「はっち」で行われた畏友柾谷伸夫君の一人芝居「海村《かいそん》」は、そうした哲学が凝縮されていた。この芝居は、もともと鮫《さめ》町在住の幻の詩人村《むら》 次郎が書いた詩を、柾谷君が独自に脚色したものである。

そのあらましは、鮫という小さな海村で生まれ育ち生涯を終えた一人の漁師が、旧盆に呼び戻されたのを機に、自らの生涯を回顧的に物語るという形で構成されている。題して「〜老漁師吉田正吉（柾谷君の祖父の似姿）が語る鮫村異聞〜」。海村とは、貧しいながらも、海と漁師たちが互いについて語り合える心を持っていた活気ある村が、商工業の発展によって「単なる海沿いの村」に変わってしまった状態を指している。

そのような状態を嘆きつつ老漁師が語る想い出は、1896（明治29）年の三陸大津波から、1911（同44）年11月1日に起こった東洋捕鯨鮫事業所焼き打ち事件―鮫の恵比須浜に多くの漁民の反対を押し切って誘致された捕鯨会社が、鯨の解体で海を真っ赤に汚したために鰯《いわし》が捕れなくなり、生存権を奪われた白銀《しろがね》や湊《みなと》の漁師たちが、規定の操業期間を過ぎても会社が捕鯨を続けたことに怒って起こした一揆―、埋め立てや漁獲技術の開発による鮑《あわび》採り（海士《かじぎ》）の激減、そして再び33（昭和8）年の大津波などを経て、第2次世界大戦さなかの44（同19）年春、戦略上の理由により海軍の手でつり橋が爆破され陸続きになってしまった蕪島の変貌へと至る。

この老漁師の物語に一貫して流れるモチーフは、言うまでもなく近代の工業化や経済発展が犠牲を強いた「負の歴史」である。「技術によって自然を支配し、人類の福祉の王国をつくる」ことを夢見た近代のプロジェクトが、多くの悪夢やエコロジー危機を生み出したことについては、以前にもこのコラムで書いた。「海村」は、鮫というローカルな場に即しながらこの地球的な問題を描いたという意味で、まさに「グローカルな」芝居と言ってよい。

波の音、海猫の鳴き声と共に挿入されるダイナマイトの爆発音を聞きながら、そういう思いに浸った充実のひとときであった。

（2013年10月21日付）

WAの哲学　―多様性と優しさの複合

八戸高校時代の私は、国語はあまり好きな科目ではなかった。しかし、東洋思想の一端を学べる漢文の授業で、若くして孔子や孟子の思想に触れることができたのはありがたかった。中でも当時学んだ「君子は和して同ぜず、小人は同じて和せず」という『論語』の格言は、私の中にずっと生き続けており、パリに本部を置くユネスコ主催の国際会議で、私が「WAの哲学」を提唱するきっかけになった。

1946年に設立されたユネスコは憲章の前文で「戦争は人の心の中で生まれるものであるから、人は心の中に平和の砦《とりで》を築かなければならない」と謳《うた》っている。WAはWAR（戦争）と対比され、ユネスコで人々にアピールしやすい上に、漢字の「和と輪」を兼ねることができる。今回は、その思いで私が発信している「WAの哲学」を紹介したい。

まず、中国の古典にあるように、「和」は「同」と峻別《しゅんべつ》される。先に挙げた「和して同ぜず」をはじめ、『春秋左氏伝』では次のような格言が記されている。

「和」とは、いろいろな食材をうまく調和させてスープを作るように、異なるものを混じえて調和することなのに対し、「同」とは一つの味だけを集めること。また、為政者がそうだと言えば臣下もそうですねと同調し、為政者がだめと言えばそれに黙って従うというイエスマン的な態度が「同」であるのに対して、もし為政者の考えが間違っていると思えば、臣下は為政者に進言してそれを正しいものに変えるのが「和」だということ。このような「和」の態度によって初めて、政治は平穏で礼儀に背かず、民《たみ》に争奪の心がなくなるということ等である（小倉芳彦訳『春秋左氏伝　下』２１７〜２２１頁、岩波書店、１９８９年）。

さらに春秋時代の国別の記録を集めた書『国語』には、「和」が「物を生じ」「継ぐ」性質であるのに対し、「同」にはそのような性質がないと記されている（大野峻『国語』２１４頁、明徳出版社、69年）。

「ＷＡの哲学」は、この古典を、見解の多様性こそが生き生きとした社会を生み出すことや、画一的な「同調」ではなく、意見の多様性を尊重し合った上での「協調（輪）」こそが、組織や社会のダイナミックな発展につながるという観点で引き継ぐ。そして、教育の場で「みんな仲良く」と言う場合、「みんな」を均質な集団ではなく、「それぞれが個性を持つ、異なる個人の集まり（輪）」として理解すべきだと考える。

また他方、「和」には、「和らぐ」「和らぎ」「和やか」「和む」という日本語の訓読みがあり、そこでは「柔らかい」とか「柔和な」というソフトなイメージが入ってくる。そうした訓読みの「和」には、儒教ではなく、仏教の影響が見受けられ、「心の平安」や「優しさ」といったニュアンスが伴う。この日本語の「和」は、儒教が陥りがちな男性主義を免れるような「柔和で和やかな輪」に基づいた平和と助け合い運動の可能性を示唆する。実際、その「輪」が国境を超えて広がることが21世紀の国際社会に不可欠であろう。

まずは東洋思想の伝統において、「同」と対比された、何よりも多様性を認め、発展を生み出していくようなダイナミックな協調の原理としての「ＷＡ」、次に日本の伝統において、非常にソフトな形で平和を目指し、助け合いの輪をつくっていく和やかな「ＷＡ」、こうした複合的意味での「ＷＡ」こそ、日本から世界へ発信するべき哲学だと私は思う。

（２０１３年12月２日付）

「公共の精神」とは　――普遍的価値を有してこそ

今年は、第1次世界大戦勃発後ちょうど100年を迎える。1914年の6月28日にオーストリアの皇太子夫妻がセルビアの青年にサラエボで暗殺された事件を機に、その1カ月後、ドイツ、オーストリア＝ハンガリー、オスマン帝国などの同盟国と、フランス、イギリス、ロシア、イタリア、日本などの連合国（途中からアメリカも参加）が引き起こしたこの戦争が一体何であったのか、そして本当に避けられなかったのかについて、ヨーロッパでは歴史家やジャーナリストを中心にした活発な議論が行われることだろう。

しかし、このテーマを考える際に忘れてはならないのは、現在の欧州連合（EU）諸国がそうした過去の出来事を恥ずべき負の遺産として捉え、EUをその負の遺産を克服した超国家組織として認識していることである。そういう状況の中、先頃安倍首相がダボス会議でのインタビューで、現在の中国と日本の緊張関係を第1次大戦直前のドイツとイギリスの関係になぞらえたことは、その意図が何であれ、アジアの大国である日本と中国の関係が今もって100年前のヨーロッパ諸国のような状態なのかと思わせた点で、明らかに不用意であった。

翻って考えるならば、過去の歴史の克服に取り組み、ヨーロッパ共通の歴史認識を曲がりなりにも推進している現在のEUと、歴史認識をはじめ最近のぎくしゃくした日本と中国、そして韓国の関係は、あまりにも好対照をなしている。

ヨーロッパでの第1次大戦という負の遺産は、フランスによるドイツへの普仏戦争に対する報復とまでいわれるベルサイユ条約を経て、その苛酷な要求に不満を覚えるドイツでのナチズムの台頭を生み、第2次大戦勃発までに及んだ。そうした悪夢を乗り越えるべく、第2次大戦後、ジャン・モネやR・シューマンによってヨーロッパ共同体（EC）への道が切り開かれ、今日のEUに至っているのだが、第2次大戦後の東アジアでは、冷戦体制の影響もあって、そういう動きは乏しかった。それでも、日中国交正常化や日韓条約などによって、政治的和解への歩み寄りはなされたし、経済や文化の面での日中韓の交流は盛んに行われるようになったはずである。

然《しか》るに、現在の政治的外交的な軋轢《あつれき》は、一体何に由来するのだろうか。少なくとも、本コラムの1月10日付で竹内修司氏も指摘しているように、アイマイな「美しくて強い日本」を連呼する安倍首相の言動と、それを支持するネットウヨクの存在が大きな要因をなしていることは、残念ながら疑い得ない。特に、第2次大戦までの日本の歩みを全面的に肯定する遊就館が存在する靖国神社へ公的に参拝した昨年末の首相の言動は、同盟国アメリカの失望を買ったように、過去の日本の失敗を全く学んでいない軽率な態度と批判されても致し方ないだろう。

　首相が今国会で強調した「公共の精神」は、日本でだけ通用するものではあり得ない。「公共の精神」は、一つの国家のみならず、国家を超えた普遍的価値を有してこそ意義がある。また愛国心も、「他国の愛国心」を尊重してこそ重みを持つ。さもなければ、「公共の精神」は戦前に美徳とされた「滅《めっ》私《し》奉公《ほうこう》」に、愛国心は「国家エゴイズム」に堕すであろう。個人一人一人を活《い》かしつつ、国家と共に、国家を超えた普遍的価値と「他国を尊重」するような公共哲学（トランスナショナルな公共哲学）が必要とされるゆえんである。

（2014年2月7日付）

東日本大震災3年
——問われる「知」の在り方

2011年3月11日の東日本大震災から3年を迎え、さまざまな催しが開かれた。思うにこの出来事は、間接的に重なり合うけれども、基本的に区別される二つの悲劇をもたらした。

一つ目は当日の午後2時46分に起こったマグニチュード9の大地震と、それが引き起こした大津波による約2万人の死者・行方不明者の大災害であり、二つ目は地震と津波がもとで引き起こされ、3年後の今も大きな不安を与えている福島第1原発事故である。前者は、適切な避難先がマニュアルに明示されていなかったことや誤っていた（3階に逃げれば助かるなど）という点で人災的な部分も見られたとはいえ、全体的には天災としか見なし得ない出来事であったが、後者は明らかに天災が引き起こした人災である。この人災による衝撃は実に大きい。

私が長年勤めた東京大学でも、3月9日と11日の2回にわたって、メモリアル・シンポジウム「問われる大学知」が開かれ、私もシンポジストとして参加した。紙面の関係上、その内容全体をここで紹介することはできないが、重要なのは、福島原発事故以降、これまでのタコツボ化された知の在り方が厳しく問われ、既存の専門知だけでは対応できないさまざまな問題に対して、知のイノベーション（創造的破壊に基づく新結合）が求められ始めたということである。

こうした事情は日本にだけ見られるものではない。例えば、私が日本側の代表を務める独日統合学術大会は、ドイツ科学・工学アカデミーの共催の下、毎年秋にミュンヘン工科大学でシンポジウムを開き、知のイノベーションを追究しているが、昨年のメインテーマは「技術知と社会知の統合による教養教育」であった。日本からは、私の他に科学技術社会論（ＳＴＳ）という分野の第一人者である藤垣裕子東大教授や小林傳司大阪大学教授らが参加し、ドイツの最先端を行く学者たちと熱い議論を交わした。

そこで特に話題となったのは「工学と社会倫理」であり、このテーマを大学の科目として設けることの重要さがドイツの学者によって強調された。実際にミュンヘン工科大学ではそうした科目がすでに設けられ、多くの学生が履修しているようである。また、日本でもそうした文理横断的な科目を、専門課程に進む前の教養科目としてではなく、それなりの専門知を学んだ後に学ぶ「後期教養科目」

として設ける動きが始まっている。

このような動きは、専門家にとってこそ教養教育が必要だということを意味する。すでに昨年4月1日付の本欄で紹介したが、戦後の東大初代総長であった南原繁《なんばらしげる》は、「われわれの日常生活において、われわれの思惟《しい》と行動を導くものは、必ずしも専門的知識や研究の成果ではなく、むしろ一般教養によるものである」（教養学部報創刊号、1951年）と述べていた。

また、彼の弟子であった丸山眞男は今から約半世紀以上も前に、ミリオンセラーとなった岩波新書『日本の思想』（61年）の中で、諸学問が専門化して分断したまま併存する「タコツボ型」の学問体制を批判し、諸学問が根の部分を共有する「ササラ型」の学問の在り方を理想と見なした。

さらに晩年の丸山は、『丸山眞男回顧談　下』（岩波書店、2006年）で、学生が最初に専門的学問を学んだ上で、4年時に歴史と哲学を学ぶような「クサビ型」の学問体制を東大につくろうとして蹉跌《さてつ》したことを述懐している。このような先達の企図が今や本当に実現されなければならない時代に入った、と私は思う。

（2014年3月14日付）

刺激的なシンポジウム ――被爆国日本の責務を問う

4月に入って私は、原発を巡る刺激的な二つのシンポジウムに参加する機会を得た。今回は、そこでの経験を基に思いを巡らしてみたい。

最初のシンポジウムは、4月3日と4日に原発大国フランスのリヨン大学で行われ、日本から私を含め8人が招待され、福島第1原発事故が与えた衝撃などを英語で論じ合った。隣国のドイツでは世論の約90％が脱原発を支持し、2022年までのすべての原発停止が決まっているのに対し、フランスでは電力の約75％を原発に依存していることもあって、減原発の動きはあっても脱原発の目立った動きはなく、両国は大きな対照を見せている。

ドイツが脱原発した後でも、フランスから輸入できるという奥の手が残っているのではないかという疑問の声を、ドイツ側が払拭《ふっしょく》できないのはそのためである。そういう事情もあり、前回のコラムで述べたように、毎年ドイツのミュンヘン工科大学で国際会議を催している私としては、フランスで原発問題やエネルギー転換の可能性をぜひ論じ合いたいという気持ちで、今回の会議に積極的に参加した。

シンポジウムでは、福島原発事故以降の日本の現状についてさまざまな角度からの報告がなされ、フランスの学者がそれに質問するという形で行われた。私は、福島の現状は原発事故がまだ収束されていないこと、日本の政治家や大新聞の間で脱原発に対するスタンスが二分されていること、核廃棄物処理問題が世界中の大問題であることなどを報告したが、その中で、まだ稼働していない六ケ所村核燃料再処理工場とフランスのラ・アーグ再処理工場やアレバ社との関係にも言及した。

それに対し、フランス側からの質問は、脱原発した場合にロシアの天然ガスに依存し過ぎる危険性をどう考えるか、中国の原発問題を考慮せずに日本で脱原発を宣言できるのかというリアル・ポリティーク的なものに限られたのが少し残念だった。

二つ目のシンポジウムは、去る12日に日本生物地理学会の主催で「次世代にどのような社会を贈るのか?」というタイトルの下、多くの聴衆が参加し立教大学で行われた。そこでの焦点は、20世紀に人類が生んだプルトニウムという危険な有毒物質をどのように消滅させ得るかという問題であり、さまざまな見解の学者から自民党代議士までが白熱した議論を繰り広げ、私もコメントと結びの言葉を述べた。言うまでもなく、プルトニウムは1941年前後に発見され、自然界には極めて乏しく、長崎に投下された原爆の材料となった（人工）元素である。

「核の平和利用」という名目の下で開発が進んだ原発は、当初、使用済みの核廃棄物からそのプルトニウムを取り出すように再処理し、それを高速増殖炉で新たな燃料に変えるサイクルの創造を夢見ていた。しかし、日本のもんじゅもフランスのスーパーフェニックスも頓挫し、その夢が今や破綻しつつある。そればかりでない。最近、非核保有国である日本が数千発の長崎投下型核兵器を造れる量のプルトニウムを持つことへの懸念と共に、六ケ所再処理工場の稼働への懸念をも同盟国アメリカが表明し始めたことは、大変皮肉なことといえよう。

いずれにせよ、この二つのシンポジウムは「将来世代に対して我々がどのような責任を担うのか」という根本問題を、被爆国日本が世界中に率先して問い掛ける責務を負っていることをあらためて自覚させた意義深いものであった。

（2014年4月18日付）

共生科学　―ユニークな学問理念

私は現在、学生の平均年齢が約36歳の通信制大学に勤めている。今回は、手前みそになるかもしれないが、ユニークなその大学の特徴を紹介しながら、新しい学問の可能性に考えを巡らしてみたい。

学生の平均年齢からもお分かりのように、この大学に正規登録された学生の約7割は社会人の方々である。若い頃大学に行くチャンスがなかったので、子どもや配偶者の方に勧められ通信という手段で学業を修めたい方とか、大学をすでに出たが、再度3年次や4年次に編入して特定科目を履修し学び直したいというモチベーションの高い方々も少なくない。日頃のお仕事もさまざまであり、授業のスクーリングや卒論発表会などでそうした方々と講義しながら語り合う時、逆に私が学ぶことも多々ある。今年3月末に行われた卒業式（学位記授与式）では、67歳の方や子どもを連れて遠路式場に来られた主婦の方が家族一同で記念写真を撮る姿は感動的であった。

とはいえ、そのような魅力を超えて私が語りたいのは、この単科大学が掲げる共生科学というユニークな学問理念についてである。実際、私が昨年、長らく勤めた大学を退職後にこの大学に再就職を決めた最大の理由は、この学問理念に強く惹かれたためであった。共生科学が取り組むテーマは、人と人との共生（教育、福祉）、人と自然との共生（環境）、国と国との共生（国際関係）がいかにして可能かについてである。

まず、人と人との共生を目指す「教育」分野では、一人一人の「多様性」を認め合いながら、「活《い》き活《い》きとした」協調関係がどのようにして可能かについて、さまざまな観点から具体的な現状に即しつつ多角的に追究する。

また、人との共生を目指す「福祉」分野では、「弱者に優しく公正な制度」がどのようにして可能かを、具体的な現状に即しつつ多角的に追究する。福祉とはそもそも人間の幸福を意味するが、「窮乏、疾病、無知、ホームレス、失業などの除去」を意味する消極的福祉と、「自律、健康、教育、良い暮らし、進取などの創造」を意味する積極的福祉があり、日本の今後の福祉政策を考える時、この双方の視点は欠かせない。

さらに、人と自然との共生を目指す「環境」分野では、自然の恵みと怖さを踏まえつつ、「将来世代に負担を残さない環境保全」がどのように可能かを多角的に追究する。人間は自然からさまざまな恩恵を受けており、そうした自然を人間が利益のために利用することはどこまで許されるのか、また地震、津波、台風、竜巻など、時に人の命を奪うほど荒れ狂うような自然とどのように共生するかは、東日本大震災以降ますます切実な課題といえよう。

そして、国と国との共生を目指す「国際関係」分野では、国家エゴイズムを乗り越えて、「各国民が互いに尊敬し合うような共存・発展」がどのようにして可能かを、具体的な現状に即しつつ多角的に追究する。現在の世界情勢は至る所で紛争が見られるし、日本と中国および韓国の関係は悪化している。そうした中、不和の要因を学び考え、どのようにして地球規模での共生社会が可能かを追究することは急務であろう。

ともあれ、こうしたテーマの追究には、既存の学問知を超えた新しいアプローチが必要であり、それをさまざまなバックグラウンドを持った同僚の先生方や学生の方々と開拓していくことが、当面の私の課題である。

（2014年5月23日付）

公共的な倫理の役割
――エネルギー政策の大前提

最近、あるインターネット放送局の要請で、ドイツの脱原発を最終的に決定したメルケル首相の「安全なエネルギー供給に関する倫理委員会」の報告書についてコメントを頼まれ、社会学者などと議論を交わした。ドイツでは、それまで科学や技術レベルでは答えが出ないバイオ医療などの生命倫理の問題を巡ってこうした倫理委員会が設置されてきたが、今回は福島第1原発事故を受けて2011年4月初めに設置され、2カ月足らずで21年までにすべての原発を停止するという提案を行い、それを受けてメルケル政権は22年までにすべての原発を廃止することを決定した。

この出来事については昨年1度、このコラムで述べたことがあるが、今回あらためて強調したいのは、この倫理委員会17人のメンバーは決して原子力の専門家ではなく、エネルギー問題に詳しい政治家の他に、社会学者、経済学者、哲学者、宗教関係者、種々の研究所の代表者などから成っていたことである。

それは、国策の行方に大きな影響を与える意味での「倫理」という発想が乏しい日本とはまことに対照的な姿だといえよう。実際に日本語の辞書には、「倫理委員会」が「医療機関や企業などが自らの活動の倫理面での向上のために設置する委員会」（『広辞苑』第6版）と狭く実用的な意味で定義されているように、社会的文脈で倫理という概念が使われる場合の両国の落差は大きい。

とはいえ、同じ日本語辞書で「倫理学」を引くと、「社会的存在としての人間の間での共存の規範・原理を考究する学問」と定義されている。もしこのように、倫理がそもそも社会的存在としての人間の共存に関わる規範や原理を意味するのだとしたら、それは企業や機関を超えた大きな社会的射程を持つはずであろう。そうした固有の概念が忘れられ、「それは倫理の問題ではなく、社会システムの問題だ」という類いの日本で多く見られる発言は、倫理の意味を履き違えている。

なぜなら、ドイツの委員会が示したように、さまざまなリスクを比較考量し、今後どのようなエネルギー政策を採るかを決めるのは「社会システムに関わる（前述の意味での）公共的な倫理」の問題だからである。人格権の重みは電力料金と比較にならないという根拠で大飯原発再稼働差し止めを申し渡した福井地裁の判決は、ようやく日本でもそのことが自覚され始めたようにも思えるが、上級審で覆される可能性が低くはない。

学問史を振り返るならば、社会諸科学（政治学、経済学、社会学など）はモラル・フィロソフィ（道徳哲学）と呼ばれる学問に出自を持つ。然《しか》るに現代の社会科学は、倫理やモラルの次元に関する考察を著しく希薄にして営まれていることは否定できない。

例えば、東京大学本郷キャンパスでは、倫理学や哲学が文学部の一学科として学説史を中心に研究されているのに対し、法学部や経済学部では倫理的なテーマが研究されることはほとんどない。

しかしよく考えると、経済学やエネルギー政策にとって極めて重要な「効率」ですら、倫理的観点から見れば他の諸価値（人権、公正、福祉、安全など）と並ぶ「一つの価値」にすぎない。そうした倫理的考察という重要な次元を欠いた社会科学や公共政策を批判し、社会の現状分析と倫理と政策を統合することが、私が専門とする公共哲学の大きな役割だと、ますます感じる今日この頃である。

（２０１４年６月26日付）

徳倫理

─幸福と信頼 実現目指す

前回のコラムでは、公共政策の大前提としての倫理について、市民や政治家が決断・選択する「価値」に焦点を合わせながら論じた。公共的な倫理にはこうした価値の他に、「ルール」に関わる「義務」としての倫理もある。市民として守るべきルールをはじめ、最近取り沙汰されることの多い企業のコンプライアンス(法令順守)や研究者倫理などは、義務倫理に属している。しかし今回あらためて論じたいのは、「徳倫理(virtue ethics)」というもう一つの倫理についてである。

徳倫理は、人々の自発性、幸福、信頼関係などと深く結び付いている点で、義務倫理と根本的に違う性質を帯びている。端的にそれは、自発性を前提としつつ、人間各自の幸福(自己実現)と他人との信頼関係の構築を目指す倫理だと言ってよい。思うに、その思想的源泉は、古代ギリシャのアリストテレスや18世紀後半のアダム・スミスらにさかのぼり得るだろう。

大哲学者アリストテレスは、人間にとって最高の価値を幸福と見なし、その実現を目指す倫理学を展開した(『ニコマコス倫理学』)。彼にとって幸福とは、「各自が自らの能力を最大限に発揮して、自己実現を達成している状態」である。そして、そのような自己実現は、個人一人一人が楽器を学習するように、努力を積み重ねて習慣付けることによって、また、都市社会（ポリス）でのさまざまな経験を通して学習することによって可能になるが、その身につけた能力を、彼は徳（アレテー）と呼んだのである。彼はまた、当時の社会（ポリス）の人間関係が「友愛」という価値によって支えられてこそ成り立つと考えた。この場合の友愛とは、人々が「互いに好意を抱き、相手の幸福を願い、しかもそのことが相手に知られていること」を意味しており、それはまさに信頼関係に他ならない。

他方、近代人のスミスは、自分の境遇を改善しようとする「各自の利己的な活動」が勤勉・節約・賢慮などの徳を生み出し、最終的に「勝ち組、負け組」の社会ではなく、「国民全体の富＝公益」をもたらすと考えた。そうした利己的活動は、人々のひんしゅくを買うようなものであってはならず、見知らぬ人でもその行動に「共感」できるような利己的活動だけが是認される（『道徳感情論』）。境遇改善を目指す個人の利己的活動が、他の人に「自分も負けずに頑張ろう」という気持ちをもたらし、それによって社会全体が活性化し、国民全体が「ウィンウィン」

の関係になることこそ、スミスにとって重要であった。
ここ久しく筆者は、「私という個人を活《い》かしつつ、人々の公共活動を開花させ、政府の公を開いていく」ようなライフスタイルを「活私開公《かっしかいこう》」と呼んできた（『公共哲学とは何か』など）。活私開公において重視されるのは、義務を中心とした堅苦しい倫理観よりも、各自の自発性や信頼関係に基づく徳倫理である。活私開公の理念において、「人間の幸福」と「社会の活性化」は切り離せない。そしてさらに、現代社会で最も重要な徳倫理のテーマ「信頼（trust）」も欠かせない。「信頼が信頼を生む形でネットワーク化」されるような、現代の政治学者ロバート・パットナムなどが言うところの「ソーシャル・キャピタル（社会関係資本）」の充実した共生社会をいかに実現していくか、これこそ徳倫理の重要な課題であろう。

（2014年7月31日付）

沖縄の現実 ――グローカルに考える

私が勤務する通信制大学は、日本の教員に10年ごとに課せられた免許更新のための講習会を各地で行っており、その受講者数は、ここ2年間、延べにして年間1万2千人余りで、日本一の数に上る。おそらく、その人気の理由は、通り一遍の抽象的テーマでなく、日本で唯一の共生科学部の理念に即して具体的なテーマを定め、インターネットで各地の会場を結びながらそのテーマを話し合う点にあるだろう。

例えば一昨年、福島県南相馬市で行われた講習会では、東日本大震災の現場に身を置き、子どもたちの声を聞き、当事者として考え、伝えている方々をゲストに迎え、「将来、遭遇するであろう危機的状況の中で、教師・市民として取るべき態度、知識、考え方を考察する手掛かりを提示する」という趣旨の下で、高校校長、塾経営者、相馬中央病院で活動している放射線医学者、市の職員、NPOボランティア、演劇家といった方々がゲスト講演を行い、他県の会場の教員方も参加して、真摯《しんし》で活発な議論が交わされた。

そして今年の夏休みは、沖縄の3会場と宮古島から、芦別、郡山、立川、川崎、横浜、箱根、富山、福岡、高松などの会場を結んで、全部で420人余りの教員の方が参加し、沖縄の現状に即しながら「国際理解・平和学習・環境理解」というテーマを巡ってさまざまな発表と質疑・応答が行われた。

私は平和祈念公園からそれほど遠くない沖縄県南部の島尻地区から、沖縄の戦後がどれほど本土と異なり現在に至っているかを、全国の先生方に発信する役割を受け持った。

その中で特に印象に残ったのは、1959年6月30日に沖縄県中部の石川地区で起こった宮森小学校米軍機墜落事件を、当時巡回教員として現場で目の当たりにした豊浜光輝さんのお話である（ちなみに、あまり話題にはならなかったが、長塚京三や能年玲奈らが出演した最近の映画「ひまわり」は、この事件にスポットを当てている）。

現在でも、ジェット機が飛び交う普天間基地の周りに少なからぬ小中学校が存在していて、騒音が気になってしょうがないと嘆く先生の話を聞くと、基地が人々の安全を保障するどころの話ではないようだ。さすがにその危険を察知した現政権は、この基地を辺野古に移転しようと動き始め、今現在、環境破壊などの点から地元の猛反対に遭遇しているが、私は、専門の公共哲学という観点から、次のような問題を本土の先生方に提起した。

沖縄の米軍基地問題は、日米安保を認めない論者にとっては、不正義と裁断すべき事柄であろう。しかしまた、日米安保を支持する多くの国民にとっても、避けることのできない「社会的公正＝分配的正義」に関わる問題である。なぜなら、在日米軍基地の沖縄県の負担率が全体の4分の3近くを占める現状は、どう考えても不公平と言わなければならないからだ。実際、普天間基地移転の問題は、沖縄県民だけでなく、日本国民が「分配的正義＝負担の公平」という観点から、突き詰めて考えなければならない深刻さを帯びている。

昨年来、このコラムで私がたびたび用いている「それぞれの地域や現場に即しながら地球的な」という意味での「グローカルな」平和や公正の問題は、沖縄という地域や現場でことさらに重い意味を持つ。明るく朗らかな沖縄の小中学校の先生方の前で、そうした思いを強く感じたこの夏休みであった。

（2014年9月4日付）

スコットランドと香港 ――「歴史的揺らぎ」の年に

第1次世界大戦勃発後100年を経た2014年は、どうやら「歴史的揺らぎ」の年と刻印されそうな様相を見せている。ウクライナの動乱とクリミア共和国の独立宣言に始まり、イスラム諸国を含む全世界を敵に回しつつある超過激なイスラム国（IS）の出現、世界中が注目したスコットランド独立投票、そして現在進行形の香港の学生を主体とする反政府デモなどは、いずれも1年前には予期し難い出来事であった。その中で今回は、最後の二つについて、体験を交えながら思いを巡らしたい。

まず、スコットランド独立を巡る住民投票は、独立反対派の楽勝という当初の予想に反して、投票の1カ月前の世論調査では独立賛成派が半数を上回り、イギリス連合王国からのスコットランドの離脱とユニオンジャックの終焉《しゅうえん》という事態が生じかねなかった。だが、分離独立後のコストの大きさを訴える現実派の戦略が功を奏したのか、9月18日の投票では独立反対が住民投票の55%を占め、独立は（賢明にも？）見送りとなった。もし、独立賛成が過半数の票を得ていたならば、その波及効果は北アイルランド問題を抱える連合王国内にとどまらず、スペインの東部カタルーニャ自治区やバスク地方、ワロン人とフラマン人の二大勢力から成るベルギー、中国の新疆ウイグル自治区などに及んでいたことだろう。

歴史をたどれば、１７０７年にイングランドとの連合王国に組み込まれた後でも、スコットランドが輩出したデヴィッド・ヒュームやアダム・スミスなどの著名な思想家はイングランドとはそりが合わず、フランスに滞在して自分の思想を発展させた。現在でも、イングランドよりもヨーロッパ大陸に歴史的親近性があると考える人や、ロンドンのシティーに代表されるような金融資本主義にはなじめないと感じているスコットランド人も多い。

私自身も、今から35年前にスコットランドのエジンバラを訪れた時、イングランドにはない人情味溢れる雰囲気を感じ、たちまちスコットランドのファンになった。今後は、連合王国の内部にとどまりながらも、より多くの自治権を活《い》かし、イングランドとは異なる独自の文化や政治経済システムを世界に発信してほしいと願う次第である。

さて、香港がアヘン戦争以来続いた（一時期、日本支配もあったが）イギリス統治に終止符を打ち、特別行政区として中国に返還されたのは1997年7月のことであり、その時に今後50年間「一国二制度」を保持するという約束が交わされた。そしてその二制度には、資本主義という経済制度の他に、民主主義という政治制度も当然含まれていた。然《しか》るに、今年の夏、香港行政府長官の選挙に立候補できるのは中国本土の息がかかった人物だけという内容の決定が北京政府によってなされ、その決定を重大な約束違反と糾弾することが今回の学生中心の大規模な抗議デモの大義名分と言ってよい。

くしくも私は、中国文化院主催の会議に出席するため9月下旬に香港を訪れ、この出来事に遭遇した。その際に見た地元の英語のテレビ放送では、デモを支持する大学教授とデモに参加する20歳の学生が、ニュースキャスターからの質問攻めに対して、今回の抗議は北京政府に再考を促すことに尽きると反論していた。今後の展開は決して予断を許さないが、私としては「お上《かみ》（北京の中央政府）」の不当な決定に反対する「若き民《たみ》の抗議運動」という観点から刮目《かつもく》したいと思う。

（2014年10月9日付）

ベルリンの壁崩壊25年　―平和国家への思い新たに

早いもので、ベルリンの壁の崩壊から四半世紀たった。1961年8月に旧ソビエトが造ったベルリンの壁は、東西冷戦の悲劇的象徴として、20世紀の間は残るだろうというのが大方の予想であった。しかしその予想を覆して89年11月9日の夜、ベルリンの壁が突然崩れたのである。

この予期せぬ出来事は、同じ日に旧東ドイツ政府の報道官がテレビで生放送された記者会見で、「翌日の朝に、東ドイツ市民の旅行制限措置がいずれ撤廃されるという公式声明が出されるだろう」と言うべきところを、「今すぐ自由な旅行が可能になる」と受け取られる発言をしたことがきっかけで、多くの東ベルリン市民が壁に押し寄せ、取り締まることができなくなった（本来なら射殺命令が執行されていた）ことで起こった。

これは、東西のドイツ市民（国民）にとって信じられない出来事で、そのニュースをテレビで知った当時の市民の多くは、夢を見ているのではないかと疑ったほどである。

この出来事に続いて、チェコのビロード革命など、東欧諸国の共産党独裁体制が次々と崩壊し、91年にはレーニンが建国したソビエト連邦も解体して、45年に始まるヤルタ体制（＝東西冷戦体制）が終焉《しゅうえん》し、あれよあれよという間に歴史の大変動が起こったのである。これは、旧社会主義国の共産党独裁政権が市民の言論や政治活動を弾圧してきたことを思えば、起こるべくして起きた「市民革命」であったと言ってよい。

多くの論者は、これによって平和な時代が訪れると予想した。だが、その後の歴史を振り返ると、その予想が大きく外れたことがはっきりする。確かに西ヨーロッパと中央ヨーロッパに限れば、20世紀に起こった二つの戦争の要因となった国家主権を乗り越えるべく欧州連合（ＥＵ）への道を加速化させ、戦争のリスクを取り除いたことは、大きな前進であったのは疑い得ない。

しかしそれとは対照的に、東欧や中東で起こった戦争は、人類の将来に暗い影を落とす出来事となった。旧ユーゴスラビアが解体した後のボスニア・ヘルツェゴビナでは、92年にムスリム人、セルビア人、クロアチア人の武力衝突が起こり、約20万人もの死者を出す大きな内戦となった。

そして２００１年９月11日にアメリカで起こった同時多発テロ事件と、それに続くアメリカのアフガン空爆によって、またまた世界史は大きく揺れ動くことになる。

特に03年３月にアメリカが国連安保理の決議を得ないまま開始したイラク戦争は、戦争の大義とされた大量破壊兵器がなかったこと、イラクのフセインとアルカイーダとの連携が証明されていないこと、スンニ派とシーア派の対立に無頓着であったことなどにより、アメリカ政府の大失態であったことがはっきりした。しかもその後遺症は、失職した多くの軍人がなだれ込んだ超過激なイスラム国（ＩＳ）の出現に見られるように、現在まで続いている。

こうした不穏な状況の中、アメリカの傘下とはいえ、70年近くにわたり平和を享受し、武器輸出を禁じてきた日本の国民は（ちなみに米露独仏中は多くの武器をアジアやペルシャ湾岸の国々に輸出している）、自らが平和国家の一員であることをもっと自覚し、誇りに思うべきであろう。集団的自衛権という危険な選択と、それとは対照的な憲法９条のノーベル平和賞候補のニュースを聞くにつけ、その思いを新たにする今日この頃である。

（２０１４年11月13日付）

国民の「権利（権理）」――「義務・責任」と切り離せぬ

総選挙は、おおむねマスメディアの予測通りの結果になった。金融緩和、財政支出、成長戦略という3本の矢から成るアベノミクスは、分配の公正という四つ目の矢なしにはその成果を問うことはできないと筆者は思うが、それはさておき、多くのマスメディアが、アベノミクス以外の大きな争点となり得るはずのアベノポリティクスを積極的に取り上げなかったのは残念である。憲法改正、集団的自衛権、沖縄基地、そして原発は、経済とは次元が異なる政治的決断の問題である。私見によれば、これらの問題で与党の自民党と公明党の間に合意があるとは思えないし、民主党や維新の党の内部意見もばらばらであろう。

いずれにせよ、このような政治的争点が今後どのように動くか刮目《かつもく》に値するが、今回は今年寄稿したこのコラムを受けて、「権利と義務」の関係について思いを巡らせてみたい。というのも、現日本国憲法には権利ばかり記されていて義務が謳《うた》われていないという一部の政治家や論者の批判が的外れだと思うからである。

憲法が保障する権利は通常、基本的人権（fundamental human rights）と呼ばれている。英語のrightsに対応する日本語の漢字表記は「権利」であるが、筆者は少なくとも人権に関する権利は、「権理」と表記すべきであるとずっと考えてきた。実際、明治期においては「権理」と表記されたこともあったようだし、当時の代表的思想家であった福沢諭吉は「通義」ないし「権理通義」とも訳していた（『学問のすすめ』第二編）。思想史的にたどっても、多くの場合、人権は利己主義ではなく、理性と関連している。それぞれが自分勝手に主張するものではなく、自由で公正な、理にかなった社会を実現させるに必要なrightsは、権利よりも権理とした方が適切であろう。

さて、現憲法では10条から40条まで（第3章）が「国民の権利と義務」について記している。「国民は、すべての基本的人権の享有を妨げられない。この憲法が国民に保障する基本的人権は、侵すことのできない永久の権利として、現在及び将来の国民に与えられる」という11条は、１９４８年に採択された「世界人権宣言」に見合うものであるが、続く12条には次のように記されていることが忘れられてはならない。「この憲法が国民に保障する自由及び権利は、国民の不断の努力によって、これを保持しなければならない。又、国民は、これを濫用《らんよう》してはならないのであって、常に公共の福祉のためにこれを利用する責任を負う」

この文章は、明らかに国民の「権利」が国民の「義務と責任」によって初めて実効力を持つことを謳っており、その意味で「権利と義務」「権利と責任」は切り離されていない。そして、そこでの公共の福祉を「人々の幸せ」と考えるならば、「すべての国民は、（諸）個人として尊重される。生命、自由及び幸福追求に対する国民の権利については、公共の福祉に反しない限り、立法その他の国政の上で、最大の尊重を必要とする」という13条は、国民間においても「権利と義務」が切り離されていないことを謳っていると解釈できるだろう。

このように捉えるならば、これらの条文は「権利と義務」のみならず、筆者がこのコラム（7月31日付「徳倫理」）でも記したような、人々の「相互の幸福（共福）を願う信頼のネットワーク」に満ちた共生社会への礎のように思えるのだが、いかがであろうか。

（２０１４年12月18日付）

仏襲撃事件に思う　―多文化共生 欠かせぬ視点

２０１５年の世界的ニュースは、パリで起こった週刊紙への銃撃事件で始まった。この事件は、単なるテロリズムとして片付けるだけでは済まされない「表現の自由」「多文化の共生」「社会的公正」などの公共哲学的テーマをも喚起している。

襲われた週刊紙『シャルリー・エブド』は、１９６８年にパリで起こった学生運動（反乱）を機に70年に創刊された風刺漫画紙で、政治的、宗教的権威を痛烈・過激に皮肉る内容で多くの読者層を獲得してきた。当初、風刺のターゲットになったのは、フランスで影響力を持つカトリック教会であったが、70年代以降、ムスリム（イスラム教徒）移民が増え続けるにつれ、ムスリムもターゲットになり始め、２０００年代には風刺のネタとしてムハンマドも登場するようになった。

今回の銃撃テロにはそういった伏線があり、テロ行為は言語道断な振る舞いとして糾弾されるべきだとしても、果たして、多くの敬虔《けいけん》なムスリムの感情を傷つけるような「表現の自由」が許容され得るかどうかが、他国はもとより、フランスの知識人の間でさえ問われ始めている。

思うに『シャルリー・エブド』は、アナーキズム（無政府主義）・左翼的なスタンスを掲げるにもかかわらず、イスラムをネタにして売り上げを伸ばすという出版資本主義の論理にからめ捕られていた。そのため、フランス国民であるのに種々の社会的差別を被っているムスリム（フランスでは、国内で生まれれば誰でもフランス国籍を得られるという出生地主義を採っている）への配慮が乏しく、その意味でこの週刊紙には「多文化共生」のみならず、「社会的公正」の視点が欠けていたと言わざるを得ないだろう。

公共哲学的に振り返れば、「表現の自由はそれ自体が目的ではなく、真実追求のための手段」と見なしたのは、アメリカの有名なジャーナリスト、ウォルター・リップマン（1889〜1974）であった。彼の言葉が重みを持つのは、彼が常に政府と対峙《たいじ》するコラムニストだったからである。民主主義社会である限り、権力者を批判する言論の自由は当然保障されてよい。しかし、社会的弱者やマイノリティーを揶揄《やゆ》するような言論の自由（言論の暴力）は慎むべきだし、ヘイト・スピーチなどは法的に規制されて然《しか》るべきである。実際にドイツでは、今でもヒットラーの『我が闘争』は発禁本であり、公共の場でのハーケンクロイツの使用は禁じられている。

ここで、「多文化共生」の一つの在り方として、筆者自身の八戸での想い出を語ろう。筆者は50年代後半、今は存在しない白菊学園小学校（後に八戸聖ウルスラ学院小学校）に通った。カナダのケベックにある聖ウルスラ修道会が経営するこの小学校は、確かに厳格なカトリックの教義を背景としていたが、多文化の共生を尊重する素晴らしい修道女たちも教えていた。

そうした修道女たちから、音楽の時間に鎮守の神様を称《たた》えた「村祭り」などを教わったり、ケベック的なフランス語（フランス本土の人が言うには「ださい」フランス語）なまりの英語を教わったり、さらにカナダが英語圏とフランス語圏の共生から成り立っていることを学んだりしたことは、筆者にとって多文化共生を考える上で大きな出発点になっている。これからの日本の教育で「多文化の共生」という視点は欠かせず、「言論の自由」も「多文化の相互尊重」と「社会的公正」という理念と共に擁護されなければならないだろう。（2015年1月22日付）

場所文化 ——従来の文化観 打ち破れ

先週末、八戸あおば高等学院主催の学習講演会で、「共生社会の実現へ向けて」というタイトルの下、お話しさせていただいた。その最後に「場所文化」について述べたので、今回はこのテーマを深めてみたい。

場所文化とは、我が国を代表する環境学者で星槎《せいさ》大学同僚である鬼頭秀一教授によれば、土地や自然といった「場所」と、そこに住む「人」と、そこで生まれた知恵などの「文化」が融合して形成される固有の価値を表す。その意味で、東京や京都中心の中央集権的な文化観ではなく、それぞれの地方の特色を活《い》かした場所文化教育の推進こそが、今後、地元密着型の教育機関の重要な課題となる。

実際に、鬼頭教授と筆者が所属する星槎大学では、本部を箱根仙石原に置くよしみで昨年秋に箱根学を立ち上げ、由緒ある箱根温泉郷や最近認定された箱根ジオパーク、富士箱根伊豆国立公園の玄関口である小田原などの場所文化について、地元の方々と共に理解を深める研究会を始めた。

また昨年10月末には、富士山の場所文化的な意義について、富士山の世界遺産登録に多大な貢献をされた近藤誠一前文化庁長官、新曲「富士山だ」を出した歌手の加藤登紀子さん、富士山をこよなく愛した堀口大学のご令嬢で詩人の堀口すみれ子さん、鎌倉ペンクラブ会長の伊藤玄二郎星槎大学教授らが多角的に語り合うシンポジウムを催し、盛会であった。

こうした場所文化についての語り合いは、その近辺に住む人々にとって、地元を見直す好機となることは言うまでもない。それに加えて、これからの場所文化教育は、東京や京都・奈良などを中心、東北や北海道などを周辺と見なす従来の日本文化観を打破する普遍的な役割をも担わなければならないだろう。

言うまでもなく、八戸地方にも独自の場所文化が存在する。それは、いちご煮やせんべい汁のような固有のグルメ文化だけでなく、えんぶりと八戸三社大祭というお祭りの他、私がすでにこのコラムで書いたような種差海岸や鮫《さめ》町にまつわる文化、そして安藤昌益や羽仁もと子の共生思想の意義など多岐にわたる。

しかし何といっても、合掌土偶が陳列されている是川縄文館の意義は大きい。なぜならそれは、青森市の三内丸山遺跡と共に、東北を文化的後進地域と見なすような文化観の間違いを正す象徴となっているからだ。

思うに、「一心不乱に力の限り深く祈る様子」(JOMONFANのホームページより)を表すともいわれる合掌土偶は、単なる八戸地方の場所文化を超えて、このコラムでも紹介した私の言葉を使えば、「地域にありながら地球的な」という意味でのグローカルな意義を持っている。このような素朴ながらも深い願望を抱いていた縄文文化に次ぐ弥生以後の文化の発達、特に近代の技術文明は、どの程度まで人々を幸福にしただろうか。

この問いは、技術進歩の3割以上が武器開発と結び付いてきた事実、そして現在の通称IS(イスラム国)においてのみならず、多くのアフリカの子どもたちが武器を身にまとっている事実(これは、戦争中に南部町諏訪ノ平に疎開し、今もその想い出を大切にしている黒柳徹子ユニセフ親善大使が涙ながらに語っている事実でもある)に鑑み、ますます重要性を帯びている。

講演会後の夕食を終えて立ち寄った居酒屋で、たまたま手にした近日公開予定の映画「ライアの祈り」のちらしに目を通しながら、そうした思いを強くした週末であった。

(2015年2月26日付)

文理融合と原爆・原発問題　――狭い専門的視野を脱せよ

ここ数年来、文理融合を謳《うた》う大学が増えてきた。既存の学問分類を突破し、幅広い教養知を身につけるという点で、歓迎すべき傾向だと思う。しかしそれは、具体的な歴史に即して学生に興味を抱かせるものでなければならないだろう。

例えば、原子核物理学の発展から、マンハッタン計画による原子爆弾の製造、今日の原発問題に至るまでの歴史は、文理融合型の知識なしには理解し得ない。

1938年ドイツのO・ハーン、F・シュトラスマン、およびユダヤ系オーストリア人L・マイトナーによる、ウランの核分裂が膨大なエネルギーを生み出すことの発見。それがアメリカの物理学者に伝わり、ナチによる原爆製造の可能性を憂慮したL・シラードが、ドイツから亡命中のアインシュタインを促して、F・ルーズベルト大統領に私信を書かせたこと。そして、それがもとで始まったマンハッタン計画。それらは、科学と技術と政治が一体化した大きな出来事であった。

R・オッペンハイマーが主導したマンハッタン計画とは、ニューメキシコ州のロスアラモスを中枢とし、テネシー州のウラン濃縮施設でベルギー領コンゴやカナダなどから運んだウラン235の濃縮度を高め、さらにワシントン州のハンフォードで、物理化学者G・シーボーグが発見したプルトニウム239を製造するという大規模な計画を意味する。この計画は、ナチ・ドイツの崩壊後の45年7月にロスアラモスと同じニューメキシコ州でトリニティと名付けられたプルトニウム型の原爆実験が成功し、ルーズベルト亡き後のH・トルーマン大統領によって、同年8月6日にウラン235を利用した原爆が広島に、プルトニウム239を利用した原爆が8月9日に長崎に投下されるという帰結に至る。それは、マンハッタン計画を知らされなかったアインシュタインが驚愕《きょうがく》した20世紀の大きな悲劇であると同時に、人類の存亡に関わる大きな危険の出発点となったのである。

戦後は、55年に二度と悲劇を繰り返さないというラッセル＝アインシュタイン宣言がなされ、その具現化のためにパグウォッシュ会議が始まったにもかかわらず、米ソ冷戦時代に大国間の核兵器製造合戦という事態が生まれ、政治家は核戦争という「悪夢」を回避すべく努力を強いられるようになった。しかしその一方で、原子力の平和利用としての原発という新たな「物語」が創造され、核拡散防止を謳う一方で、原発を促進することにお墨付きを与える国際原子力機関（ＩＡ

EA）が57年に誕生する。しかし、原発が生み出す放射性廃棄物をどう最終的に処分するのかという問題は、今もって解決されていない。ちなみに、現在日本が保有するプルトニウムの総量は、約6千基の長崎投下型の原爆を造れる量に相当する。

福島第1原発事故以降の今日的状況は、学者が自らの狭い専門的視野を乗り越えて、他の学問との連関や、自らの学問の公共性ないし社会との接点などについて習得することを要求している。そしてこの要求は、専門教育の以前になされていたような教養教育ではなく、一定の専門的知識を修めた後の学生、学者、市民のための教養教育、すなわち、学部3、4年生や大学院生を対象とするだけではなく、生涯教育や市民講座などという形でも制度化され、実践されていかなければならないのだ。

なお、このテーマに関心のある方は、筆者が編者になって最近刊行した、日本の代表的な学者による討論・論考集『科学・技術と社会倫理―その統合的思考を探る』（東京大学出版会）をぜひご一読願いたく思う。（2015年4月2日付）

学修の哲学　――学問論 実社会で活かせ

新学期も1カ月たったが、長らく大学に勤める筆者はこの時期、学問や学修について思いを巡らすことが多い。先週も、学生の平均年齢が30歳代で、その多くの方が福祉や教育関係の社会人から成る新入生を前にして「学修の哲学」を講義した。

学修とはそもそも、「学問を学んで身につけること」(『明鏡国語辞典』)を意味する。頭の中だけでなく、自分の中で消化され、実践と結び付いたものでなければ学修とはいえない。また、勉強は「勉《つと》めて強いる」ことであるのに対し、学問は「学んで問う」ことであり、双方の違いは重要である。その意味で、いわゆる「がり勉」ぐらい学問する姿勢から遠いものはないだろう。ではなぜ、そのような意味での学修が大切なのだろうか。この問題を考える時、今でも指針となり得るのは、福沢諭吉の『学問のすすめ』や孔子の『論語』などの古典である。

「天は人の上に人を造らず、人の下に人を造らず」という福沢の有名な言葉は、士農工商という身分制を打破する画期的な天賦人権説として理解されることが多い。しかし福沢が言いたかったことは、その先にある。すなわち彼は「人は生まれながらにして平等であるが、学修したか、しなかったかによって、現実社会で大きな差ができる」ことを言いたかったのである。そして、学問の目的は、知識や見聞を広め、物の道理を理解し、人間としての責任を自覚することだと彼は考えていた。

また、福沢が奨励した実学とは、単なる実用的な知識習得ではなく、いわんやハウツーものではなかった。それは、普通の日常生活における視野の拡大、物事の道理の理解力、自己の行動に対する責任感などが身につくような学問を意味していた。単なる受験勉強にとどまっていては、そうした学問は身につかない。

ここで、時代を一気にさかのぼって『論語』の学問論から引用してみよう。何といっても有名なのは、「学びて思わざれば、則《すなわ》ち罔《くら》し、思いて学ばざれば、則ち殆《あやう》し」（為政第二）という格言、すなわち「学んだことを自分で考えなければ身につかないし、自分で考えるだけで学ばなければ、思い込みが激しく、独り合点に陥る」という洞察である。学んだことをよく考え、考えるためによく学ぶという姿勢は、マークシート的な試験に備えるための勉強などでは身につかない。

そしてまた、勉強とは違い、自主的な学問は楽しさや喜びを伴うはずである。『論語』も、「学びて時に之《これ》を習ふ、亦説《よろこ》ばしからずや」（学而《がくじ》第一）―書物や教師を通して学びながら、その時々に（折に触れて）それを復習することは何と楽しいことか―と謳《うた》っている。

こうした福沢や孔子の学問論は、現代社会でますます重要になっていると筆者には思われる。明治初期に生きた福沢は、一人一人が「お上《かみ》意識」を脱却して、「独立自尊」した国民一人一人となることを説いた。お仲間だけの世界に閉じこもって、自分とは異質の意見に耳を傾けず、視野狭窄《きょうさく》に陥り、物事の道理をわきまえず、無責任がはびこるようでは、日本国の行く末も危ういものになるだろう。そうした危機を乗り越えるためにも、温故知新という観点から、日本人が愛読してきた学問論が実社会や若者の間でもっと活《い》かされるべきではないだろうか。

（2015年5月14日付）

日本の果たすべき役割　――理念は「人間の安全保障」

先に開かれた衆議院憲法審査会で、与党推薦の憲法学者までが安全保障関連法案を違憲と発言したことに波紋が広がっている。自国の防衛ではなく、他国の防衛までも憲法は認めていないという長谷部恭男早稲田大学教授（私は彼と異なる憲法観を抱いているが）の見解は、正鵠《せいこく》を得ていると思う。そもそも集団的自衛権とは、自国と密接な関係にある他国に対する攻撃を、自国が攻撃されていない場合にも実力で阻止する権利を意味する。そのような意味での集団的自衛権をもし日本政府が行使したいのなら、国民に堂々と改憲案を提示すべきであろう。

それはさておき、今回取り上げたいのは、日米同盟を前提とした集団的自衛権とは根本的に異なる「人間の安全保障（ヒューマン・セキュリティー）」というコンセプトと、それにまつわる話である。人間の安全保障とは「人間の生活を脅かすさまざまな不安を減らし、可能であればそれらを排除すること」を目的とする、国境を超えた政策理念を意味している。

このコンセプトは、日本の小渕恵三元首相の呼び掛けで始まった。そして彼が急死した後の2000年9月に、ノーベル経済学賞受賞者のアマルティア・セン氏と元国連難民高等弁務官の緒方貞子氏が共同議長となり「人間の安全保障委員会」が設立された。

現在では、新型肺炎（SARS）、鳥インフルエンザ、豚インフルエンザ、エボラ出血熱、中東呼吸器症候群（MERS）のような感染症が発生した場合、また、1997年7月にタイで起こった経済危機、2008年のリーマン・ショック以降の経済危機、01年9月11日以降のテロリズム、武器の自由な売買、日本のみならず各国で頻発する大地震など、人々の生活安全を脅かす事態に迅速に対処できる体制を構築することが、人間の安全保障プログラムの緊急課題とされている。

このような理念を実現すべく、私自身も東京大学駒場キャンパスに拠点を置く「人間の安全保障」フォーラム（HSF）に多少コミットしているが、この理念が大国の利害を反映しがちな現在の国連を改革する起爆剤となることを願うNGO関係者も少なくない。「国連」は英語で「United Nations」と表記されるように、連合国という意味合いを持ち、特に第2次世界大戦の戦勝国から成る安全保障理事会には拒否権が与えられ、それが乱用されることも少なくなかった。

しかし国連には、経済、社会、文化、保健、人権などを扱う経済社会理事会も存在し、福利厚生や教育などの分野で大きな役割も担っている。そして人間の安全保障は、まさにこの分野で実現されるべき理念といえる。

従って、今や各国政府だけではなく、NGOや海外で活動する企業もその理念を担わなければならない。その一例として、コフィー・アナン前国連事務総長が1999年に企業に対して提唱し実現したグローバル・コンパクトは注目されよう。それは人権、労働、環境、腐敗防止の各領域で企業や組織が順守すべき規範を定めたもので、日本では180以上の企業や団体（都市、大学）が加入している。

私が思うに、現下の国際情勢で日本が果たすべき役割は、かつてベトナム戦争やイラク戦争という大きな誤りを犯したアメリカと集団的自衛権を結ぶことではなく、このような分野での積極的活動であろう。それが、日本政府の言う意味とは全く違う意味での「積極的平和主義」ではないだろうか。

（2015年6月18日付）

行き詰まる原子力政策
――「環境的正義」の観点を

去る6月28日、八戸市総合福祉会館で高レベル放射性廃棄物処分問題を考えるシンポジウムが開かれた。主催者は市民グループ「まちなかミュージアムワークショップ」（石橋司代表）で、私が実行委員長となり、長崎大学核兵器廃絶研究センター長で前内閣原子力委員長代理を務めた鈴木達治郎氏と、最近、高レベル廃棄物に関する提言をまとめた日本学術会議検討委員会委員長の今田高俊氏と共にシンポジストを務めた。今回は特に私がそこで述べた要点を繰り返したい。

地震国ではないドイツが２０２２年までにすべての原発の停止を決めた最大の根拠は、高放射性核廃棄物の最終処分場が決まりそうにない状況で、これ以上核廃棄物を堆積するのは、将来世代に対して無責任という倫理的判断であった。だが、脱原発しても最終処分場は先が見えず、中間貯蔵地であるゴアレーベンは今でも火種を抱えている。とはいえ、核燃料サイクルに関していえば、成功しそうにないという理由でとっくに断念され、高速増殖炉の建設地だったカルカーは、現在、施設が遊園地となり、年間60万人ほどの集客力を誇っている。原発大国のフランスでも、高速増殖炉のスーパーフェニックスが1998年に、フェニックスが2010年に閉鎖され、現在に至っている。

日本の現状を考えれば、20年前に福井県敦賀市にある高速増殖炉もんじゅが挫折し、いまだ再開の目途が立っていない。もし六ケ所村の再処理工場が稼働したとしても、そこで取り出したプルトニウムをもんじゅに運べない以上、それをどうするのかという大問題は未解決である。また、フランスのラ・アーグとイギリスのセラフィールドの再処理工場から戻ってくるプルトニウムの処理も未解決で、現在の日本は長崎型原爆を約6千基造れるほどのプルトニウムを保持し、核拡散防止条約という観点から大きな問題となっている。

振り返ると、戦後の下北半島の歴史は、中央政府の上から目線による地方翻弄《ほんろう》の歴史であった。むつ小川原開発の頓挫に始まり、原子力船「むつ」の失敗から、再処理工場計画と、現在見られるその行き詰まり。それらの主要な責任は、中央政府とそれに対する迎合者と言ってよいだろう。ちなみに、故中里信男県議、後の八戸市長に対する「原子力を恐れる者は、火を恐れる野獣の類い」という当時の西堀栄三郎氏の放言は、高慢であり喜劇であり悲劇であると言わざるを得ない。

そうした歴史を踏まえて、私が公共哲学的な視点から導入したいのは「環境的正義」という考えである。環境的正義の特徴は「環境保全と社会的公正の両立」であり、また現代では「リスクの分配（分かち合い）」を、どのように「公正」に考えるかもテーマとなる。

例えば、環境保全を理由に、原発関連施設を廃止して一切の補助金を打ち切るとすれば、また昔の貧しい生活に舞い戻るという住民の不安を、どのようにして取り除くかは、環境的正義に基づく政策課題の一つといえる。また、もんじゅの再稼働が困難という理由から、再処理工場の中止が決まった場合、中央政府への違約金の請求や核廃棄物の暫定保管地への転換なども課題となろう。それらを共に考え、環境保護を名目に多くの失業者や貧困層を生み出すような事態回避のための「熟議民主主義」がどうしても必要となる。それは、行政権力や貨幣経済による意識操作を極力除去して、市民が真剣に地域の将来を話し合うという形で遂行されなければならない。

（2015年7月23日付）

積極的平和の理念　――現実を理想に近づける努力

戦後70周年を迎え、安全保障関連法案を巡る攻防が続く現在、安倍政権が唱える「積極的平和」の概念について論議が湧き起こっている。それは、安倍政権の「積極的平和」が、日本の現状にも詳しい平和学の創始者、ノルウェーのヨハン・ガルトゥングが長らく唱えてきた「積極的平和」と、似て非なる概念であることが判明したからだ。

ガルトゥングは、直接の暴力や紛争がなくとも、集団間の抑圧、差別、不公正、貧困、環境破壊などが存在すれば、戦争の火種が残っていると考え、それらを構造的暴力と呼び、それらが除去された状態を「積極的平和（positive peace）」と定義してきた。そしてその実現のために最近彼が提唱するのは、沖縄県に本部を置く東アジア共同体の設立である。然《しか》るに安倍政権が唱える「積極的平和（proactive contribution to peace）」は、集団的自衛（交戦権）をも許容する日米同盟の強化に基づくものであり、双方のヴィジョンの落差は非常に大きい。実際、このたび来日したガルトゥングは、軍事同盟に基礎を置く積極的平和など語義矛盾だと一刀両断に切り捨てている。

とはいえ、その彼でさえ、憲法9条に安眠して一国平和主義に閉じこもる態度には批判的であり、日本人はもっと世界平和のために非軍事的な貢献をするべきだと説いている点に、我々は留意しなければならないだろう。私自身も、憲法9条は「日本国民は、恒久の平和を念願し、人間相互の関係を支配する崇高な理想を深く自覚するのであって、平和を愛する諸国民の公正と信義に信頼して、われらの安全と生存を保持しようと決意した」「われらは、平和を維持し、専制と隷従《れいじゅう》、圧迫と偏狭を地上から永遠に除去しようと努めている国際社会において、名誉ある地位を占めたいと思う」「日本国民は、国家の名誉にかけ、全力をあげてこの崇高な理想と目的を達成することを誓う」と記されている憲法の「前文」と一体化して理解されるべきだと強調してきた（拙著『グローカル公共哲学』第5章など、東京大学出版会、2008年）。

戦後思想を振り返るなら、現在の安倍首相のブレーンたちと対極に位置するといわれる戦後民主主義の旗手丸山眞男も1964年の講演で、政策決定における憲法9条と前文の連関を強調し、前文の国際的平和主義を、パワーポリティクスの前提に立つのではなく、「専制と隷従、圧迫と偏狭の除去に向かって動く」という方向性を持った国際社会のイメージが前提になると考え、「われらは、全世界の国民が、ひとしく恐怖と欠乏から免がれ、平和のうちに生存する権利を有することを確認する」という表現において、「国民の生存的平和権」が謳《うた》われていると述べていた。それは、サン＝ピエール神父、カント、ガンジーなどの平和思想の発展であり、日本では横井小楠、植木枝盛、北村透谷、内村鑑三、木下尚江、徳富蘆花らの思想家や平民新聞などに見られた思想の発展であり、従って、現に存在している自衛隊を否定するのではなく、「軍縮という展望」の中で方向付けることを丸山は提案していたのである（『後衛の位置から』未来社、82年）。

このように、理想を断念する「現実追随主義」でも、現実から逃避する「空想的理想主義」でもなく、現実直視から出発して、現実をできる限り理想に近づけるように努力する「現実的理想主義」こそ、「積極的平和」の理念にかなうとあらためて思う次第である。

（2015年8月27日付）

安倍政権とそのブレーン ——中近東に目向けぬ危うさ

十分な説明と熟議を経ないまま、安全保障関連法制が国会で成立した。この法案は、自国と密接な関係にある他国（日本の場合はアメリカ）への攻撃を、自国が攻撃されていない場合でも実力で阻止する集団的自衛権を可能にする。大多数の憲法学者がこの法案を違憲と見なし、成立させるためには改憲が必要と強調しているのに対し、一部の国際政治学者からは国際政治情勢に疎い憲法学者の空論だという異議がなされている。

しかし、筆者は逆に、そのような一部の国際政治学者の見解こそ危うく、とりわけ安保法制懇談会に属していた国際政治学者たちの見解は強く批判されなければならないと思う。なぜなら、彼らの視点は中国近辺に限られ、アメリカが中近東で行っていることの深刻さから(意図的に)目をそらしているからである。実際、戦火飛び交うアフガンで支援活動に当たっている「ペシャワール会」現地代表の中村哲医師は、アメリカを後方支援することを明記したこの法案によって、中近東で活躍している日本人や日本のNGOがテロリズムの標的にされる危険性が増すことを嘆いているし、同じように案じる関係者も少なくない。

ここで想い出されるのは、２００３年3月にアメリカが起こした不当なイラク戦争である。当時のブッシュ政権が仕掛け、国連の査察団が発見できないと明言している大量破壊兵器がイラクに存在するという偽りをでっち上げ、本来は敵対関係にあるはずのフセイン大統領とテロ組織アルカイーダを強引に関係付け、戦争後の青写真を全く欠いたまま起こした無謀な戦争であった。これにはドイツやフランスなどの欧州連合（ＥＵ）主要諸国もアナン国連事務総長も反対したにもかかわらず、当時の小泉政権は積極的に支持し、自衛隊をイラクに派遣する措置まで行ったのである。

普段あまり政治活動を行わない筆者も、さすがにこの時ばかりは行動を起こした。東京大学駒場キャンパスの大教室で行われたシンポジウムで、不当なイラク戦争と、その戦争を支持する政権や、それをサポートする外務省のブレーンである岡崎久彦元タイ大使、北岡伸一氏、田中明彦氏（2人とも東大教授）らの政治学者を批判した（その時の私のスピーチは本書第三部「日本外交の哲学的貧困と御用学者の責任」参照のこと）。

イラク戦争の誤りが今もって大問題なのは、その余波が世界を震撼《しんかん》させているイスラム国（ＩＳ）の出現にまで及んでいるからである。フセイン政権が崩壊した後のイラクは、親イラン派のシーア派が政権の中枢を握ってスンニ派を干したために、職を失ったスンニ派の軍人の多くがＩＳという軍事国家になだれ込んだ。このことは、ＩＳがイラク戦争の産物であることを物語っている。そうした事態を招いたイラク戦争を、安倍政権はいまだに正当化しているほか、前述した岡崎久彦（昨年秋逝去）、北岡伸一両氏が安保法制懇談会の中枢を占め、安倍首相がこの2人（特に前者）を崇敬しているという事実は、国際的に見ても異常と言わなければならない。

親米派の中でも比較的良心的な国際政治学者の藤原帰一東大教授（彼の諸見解に疑問を抱くことも多々あるが）がいみじくも述べるように、海外での軍事行動に割と慎重なオバマ大統領に代わって、ブッシュに似たような大統領がアメリカに誕生し、（無謀な）武力行動を積極的に支持するよう日本政府に要請したらどうするだろうか。おそらく、こうしたブレーンを抱えた安倍政権なら断れないだろうと思うと、ぞっとする次第である。

（２０１５年10月1日付）

大学の人文・社会科学系再編 ——自主的な制度改革を

大学における人文・社会科学系の学問の役割を巡って議論が沸騰している。きっかけは、文科省が6月に出した国立大学の人文・社会科学系学問の見直しを求める通知で、それは、教員養成系大学向けのものであったはずだが、その範囲を超えて、人文・社会科学系の再編成を強要するものと受け取った大学関係者も少なくなかった。然《しか》るにその後、新たに文科相となった馳浩氏は6月の通知に32点という落第点をつけたが、そうであるなら、この通知の内容を差し替えるべきであろう。この顛末《てんまつ》は、文科省の役人に人文・社会科学系の教養が不足していることが明らかとなったという意味で、喜劇であり悲劇ともいえる。

それはさておき、筆者は今起こっている議論が自主的な形での大学の制度改革につながることを望んでおり、今回は、つい最近、某学会のシンポジウムで述べた筆者の考えを率直に記してみたい。

まず、教養教育の復権が必要である。戦後の大学教育で教養教育は、専門課程に進む前の1、2年生向けのものと考えられてきた。しかし現代は、原発をはじめ地球環境、平和、福祉、金融、財政、メディア、ＩＴやＡＩなど多くの公共的問題が山積しており、それらを論考するためには、狭い専門主義を乗り越える学際性と教養力が必要になる。特に3・11の福島第1原発事故以降の今日的状況は、工学者、自然科学者、医学者らが、自らの狭い専門的視野を乗り越えて、他の学問との連関や、自らの学問の社会との接点などについて習得することを要求している。だとすれば、専門課程に進む前になされていた教養教育ではなく、「一定の専門的知識を修めた学者や市民のための後期教養教育」が必要となる。

この点に関して、科学技術社会論の第一人者である藤垣裕子東京大学教養学部副学部長は、後期教養教育が（1）自分のやっている学問が社会でどういう意味を持つか、(2)自分のやっている学問を全く専門の異なる人にどう伝えるか、(3)具体的な問題に対処する時に他の分野の人とどのように協力できるか—の三つの要素を含まなければならないと述べており（山脇直司編『科学・技術と社会倫理—その統合的思考を探る』１３９～１４０頁「科学知と社会知の統合」、東京大学出版会、２０１５年）、筆者もこうした理念が制度化されることを強く望んでいる。

次に、哲学を諸学問横断的な研究組織に改編すべきである。デカルトが、哲学を1本の樹になぞらえ、その根の部分を形而上学、幹の部分を自然学、枝の部分を医学、機械学、モラル（道徳学）と考えたように、哲学は理系と文系の双方の性質を持っており、一学科に収まるような学問ではない。従ってそれは、すべての学者が参加でき、諸学問を学ぶ学生が副専攻として習得されるような包括的学問として再定位されるべきであろう。

さらにまた、社会諸科学も哲学や倫理学と結合すべきである。19世紀後半にできた東大の歴史を振り返ってみれば、発足した当初は、東大文学部哲学政治学理財学科という形で、哲学と政治学と経済学（＝理財学）が一体となっていた。それがいつの間にか現在のように、哲学が倫理学とも分化して文学部の一学科に、政治学が法学部の一分野に、経済学が一学部に発展（？）した。この断絶は、例えば哲学や倫理感の乏しいエリート官僚や財界人を多く輩出し続けたという点で大きな問題であり、根本的な改革が必要であろう。

（2015年11月5日付）

社会のデジタル化 ――「正負両面」自覚と責任を

2015年末の欧州は、先行き不明の大激震に見舞われている。それは、突如ベルリンの壁が崩壊した1989年末以来の歴史的に大きな出来事の出現と言ってよい。筆者はすでに今年最初のこのコラムで、パリで起こった週刊紙への銃撃事件を取り上げ、テロリズムを批判すると同時に、その背景にあるフランスの文化的・社会的問題を指摘したが、この11月13日に起こったイスラム国（IS）によるパリでの同時多発テロは、多くの市民を狙った無差別的なテロだっただけに、よりショッキングな出来事であった。

ISが台頭した大きな要因にアメリカの誤ったイラク戦争が挙げられることは、10月のコラムで指摘した。そのISが欧州、特にフランスやベルギーやイギリスでここまで力を得たのは、現状に不満を抱く若者をインターネットでリクルートしたからである。少し前にさかのぼるが、チュニジアで始まりエジプトやアルジェリアに波及した「アラブの春」は、フェイスブックでの市民の呼び掛けがきっかけで起こったし、今年の秋以降、シリアからドイツに押し寄せるようになった多くの難民も、それを利用し金もうけをたくらむルートあっせんビジネスも、共にインターネットで得た情報を基に行動している。このように、今やインターネットは人々を便利にするだけでなく、社会を脅かす影の大きな力になっているのだ。

そうした状況の中で先週、ドイツ科学・工学アカデミーが主催する独日統合学術大会が開かれ、独日の第一線の論者が「デジタル化された社会」について議論を交わし合った。以下では、筆者が発表した内容を紹介したいと思う。

確かに社会のデジタル化によって、例えば、グーグルで検索すれば以前は考えられなかったような知識や情報が手に入るし、フェイスブックやツイッターなどによって、人と人とのつながりも実に容易になった。また、デジタル化社会の象徴ともいえるロボットが高齢化社会で介護の役を担うなど、人間生活は便利になりつつある。

しかし他方、日本では、昼夜スマートフォン漬けになって、それなしには自分のアイデンティティーが保たれない多くの若者や子どもが増えているし、ラインというSNSをやめられなくなり、ほとんど自分の頭で考えることができない子どもや、集団的ないじめも発生している。実際に、私が勤めている通信制の星槎《せいさ》大学では、自分が受けた心の傷を基に、どうしたらそのようなネットを通してのいじめをなくせるかというテーマで卒論を書きたいという学生も少なくない。

国際社会に目を向けると、ISなどのテロ組織がインターネットを通して相互に結び付き、精神が空洞化した若者をリクルートする一方で、米英仏などが多くの人を巻き添えにするISへの空爆を、ドローンという無人機によって行っている。それらはデジタル化社会の大きな影の部分である。

このような状況の下、民主主義国家の中で必要なのは、インターネットの担い手が「マス（the masses＝均質な大衆）」に甘んじることなく、「パブリック（the public＝責任ある公衆）」であることを自覚し、独自の情報倫理と社会を動かす力を身につけることであろう。

インターネットが生活に不可欠となり、世界中の政治をも動かす大きな媒体となりつつある現在、「デジタル化された社会の正負の両面」を、これからの時代に生きる人々は自覚しなければならない。特にその責任を担う若い世代が「より良き社会のツール」としてデジタル機器を利用してほしいと願いつつ、３年にわたるコラム執筆を終えることにしたい。

皆さま、長きにわたり拙稿を拝読いただき、ありがとうございました。

（２０１５年12月10日付）

〈特別版〉相模原殺傷事件
——生命尊厳の公共哲学を！

日本を震撼《しんかん》させた相模原市の障がい者施設での殺傷事件から1カ月たった。19人の死者と27人の負傷者を出したこの事件の容疑者は、施設の元職員であり、犯行に先立つ2月に衆議院議長に宛てた手紙には「障がい者は社会の不幸をつくることしかできません」という趣旨の発言が書かれてあった。そして、犯行後も自らの行為を正当化する発言を繰り返しているという。

たとえ容疑者が多少の精神疾患を患っていたにせよ、彼の発言は社会に対して一つの大きな挑戦状をたたきつけている。なぜならそれは「社会にとって有用か否かで人間を評価し、有害な人間や不用な人間は圧殺してよい」という優生思想に他ならないからだ。政治家は一体、この思想にどのように反論できるのだろうか。

ここで忘れてはならないのは、ドイツのナチ政権で行われた安楽死政策である。最初、T４（安楽死管理局の所在地に由来する言葉）作戦と呼ばれたこの政策は、最終的に約20万人もの社会にとって無用と判断される人々を安楽死させた。

その際、いくつかの安楽死施設が造られ、排気ガスなどによって殺害されたほか、医師や看護師によって患者の安楽死が遂行され、何らかの障がいのある子どもたちへの安楽死も行われた。この政策に加担した医師や看護師の多くは、安楽死をむしろ当然のように受け入れていたのである。

しかし、こうした優生思想に基づく公共政策は、ナチのような野蛮な時代にだけ適用されたわけではない。

例えば福祉大国スウェーデンでは１９３０年代から70年代まで、特定の精神病患者や知的障がい者、身体障がい者への強制的な不妊手術を本人や親の同意なしに行うことのできる法律が存在していた。

社会学者の市野川容孝氏は、誰が子どもを産むに値するか、誰が生まれるに値するか、さらに誰が生きるに値するかという人間選別を行うことで、スウェーデンの福祉国家が成り立っていたと見なし、戦後日本の優生保護法もそれに準じる規定が存在していたことを批判している（『世界』１９９９年5月号、１６７～１７６頁）。

残念ながら、こういう優生思想は、形を変えて現代の高名な学者の間にも潜在しているようだ。

例えば、世界的に著名な社会生物学者で、戦闘的無神論を標榜《ひょうぼう》するイギリスのリチャード・ドーキンスは一昨年、「ダウン症の子どもを産むのは人々に苦痛を与えるので控えるべきだ」という趣旨の発言をして多くの人々から批判を受け、謝罪に追い込まれた。また、功利主義倫理学の世界的論客であるオーストラリアのピーター・シンガーもかつて、重度障がいを抱えた新生児の安楽死を許容する発言をドイツで行い非難を浴びた。

「善き公正な社会」を目指す公共哲学にはさまざまな思潮が存在するが、私が思うに「最大多数の最大幸福」を最高規範とする「功利主義の公共哲学」で優生思想を批判するのは困難であり、「すべての人間の生命を分け隔てなく尊ぶ公共哲学」によってこそ、優生思想の過ちを徹底的に批判し得るであろう。

ちなみに私のミュンヘン大学時代の恩師ローベルト・シュペーマンは、「生命の尊厳」という観点から胎児の人権を擁護し、安楽死にも絶対反対の立場を貫くカトリックの哲学者としてドイツでは名高い（彼はまた反原発論者でもある）。

この点で彼の思想は、カトリック信者の曽野綾子氏の安直な発言と対極にあるが、非キリスト教国の日本でも、「すべての人間の仏性」を信じる仏教徒などから優生思想への批判が強く起こってほしいと思う次第である。

（2016年9月4日付）

スピーチ

日本外交の哲学的貧困と御用学者の責任

ご紹介に与《あずか》りました山脇直司と申します。今の天木（直人）さんのお話を大変興味深くうかがいました。特に、レバノンという現場の体験に即して、アメリカのイラク戦争の不当性、小泉外交の危険性のみならず、在るべき外交のヴィジョンまでを示唆してくださったことに、深く感動いたしました。

それで私としましては、今の天木さんのお話を補完すべく、外務省との利害関係を全く持たない一人の学者の立場から、明らかに不当で、国際法的にも違法な形でアメリカが起こしたイラク戦争を巡り、この10カ月の間に明らかになった日本外交の恐るべき哲学的貧困と、それを支えた御用学者と呼ばれても仕方のない方々、特に東京大学の先生、また社説で放言を繰り返した一部の大新聞の責任を指摘（追及）して、こうした事態を正すのはどうしたらよいかについて、皆さまに考える材料を提供したいと思います。

今から9カ月前の2月6日にこの900番教室で、元国連大量破壊兵器主任査察官スコット・リッター氏の講演がありました。当日は会場に入れないでお帰りになった方々が500人以上も出るぐらいの盛況で、一般の方々の関心の高さを思い知らされたわけですが、聴衆の一人としてまず、そこで彼が話したことのポイントを振り返ってみたいと思います。

リッター氏は、自らの体験とデータに基づいて、現在のイラクに国際社会を脅かす大量破壊兵器があるという主張の無理を指摘し、根拠もなくイラク攻撃へと突き進むアメリカ政府を厳しく追及しました。そこで彼が話した最も印象的な言葉を述べてみましょう。

彼はこう言いました。「無条件に抜き打ちができ、イラク側の協力が得られる現在、必要な時間と人員を投入して徹底的に査察を続行すれば、イラクを100%非武装化できます。──私がこの戦争に反対するのは、非愛国的なことではありません。アメリカの建国の理念、憲法に書かれた「自由」や「民主主義」を守るという愛国的な行為です。—真の友人は、酔っ払った運転をしようとしている友人を許しません。アメリカの真の友好国なら、アメリカの行為にブレーキをかけるべきです」

この言葉から分かるように、彼は祖国を裏切るような反米主義者では全くありませんでした。むしろその逆です。あまりにも理不尽なブッシュ政権の不当さを、逆にアメリカの憲法の精神にもとると確信して批判したのです。

このリッター氏の発言から10日余りの間に何が起こったか振り返ってみましょう。2月14日の深夜、私は固唾《かたず》をのんで国連の安保理の実況中継を見ていました。最初にブリックス国連監視検証査察委員長が何を言い出すか、緊張して聞いていたのですが、彼が査察の一定の成果と続行の必要性を述べた瞬間、パウエル国務長官の思惑が外れたことがはっきりし、続くエルバラダイ国際原子力機関事務局長の演説でそれが鮮明となり、シリア代表がその報告に感謝し、フランスのド・ビルパン外相が古い欧州の知恵を述べ、中国も平和文明の意義を唱えるといった攻勢に出て、アメリカ形無しといった感じで、リッター氏の講演通りのことが立証された様子でした。

ところが、私のショックはこの実況中継直後に起こったのです。それはNHKが「ご覧のように安保理がイラクの非を追認して終わりました」というポイントを外した実にとんちんかんでミスリーディングな解説をしたからです。これはNHKがそうした状況を理解する能力がなかったからなのか、安保理での意外な展開をあらかじめ想定できずに、用意すべき原稿がなかったからだったでしょうが、公共放送として実にお粗末な恥ずかしい報道だったと思います。

いや、そればかりではありません。ついでにインターネットで新聞各社のホームページを調べたら、当初はNHKと大差ないピント外れなものばかりでした。それで、皆さまご存じのように、この安保理での議論がきっかけになって、翌2月15日は世界各地で計1千万人にも上るとされる、おそらく史上最大の反戦デモがあったわけですが、さすがに自らの誤報に気付いたのか、次の日の各社のホームページは内容が変わっていました。

しかし、このような実に自然に起こった反戦デモ（かつての左翼運動とは異質な、ごく自然な運動！）に対して、小泉首相や川口外相が放った放言、すなわち「このようなデモは、イラクに誤ったシグナルを与える」という放言は決して忘れるべきではないでしょう。しかしよく考えてみますと、このような放言は、首相や外相が独自で判断して放たれたもののようには思えません。その背後にいる外務省や、そのお抱えのブレーンたちの進言が反映されているはずです。

2月22、23日に千葉大学で、板垣雄三先生や元国連大学副学長の武者小路公秀先生などをお迎えして、イラク戦争反対の緊急会議（イラク非戦会議）が催された時にもそのことを指摘したのですが、その1カ月後、安保理決議に失敗したアメリカが単独で起こしたイラク戦争が始まった時点で、私のショックはさらに深まりました。それは天木さんが大問題にしたように、アラブ諸国の反応を全く顧慮しない小泉首相の「イラク戦争を支持します」という明言と、それを称賛した首相を取り巻く評論家の他に、元来、外務省から十分距離を取って自由にものを言うことができるはずの大学人、特に東大教授の対イラク戦争支持の発言によってです。それはショックを通り越して、あきれ果てたと言った方がよいでしょう。すでに3月の時点で公共哲学のメーリングリスト（ML）で2回ばかり批判し、現在でもインターネットで見られますが、その実例をここで紹介しましょう。

3月30日付の読売新聞朝刊の1面と2面にかけて、元外交官で現在外交評論家の岡崎久彦氏の「勇気ある小泉発言」という記事が大々的に載りました。この記事のコピーが今、皆さまの手元にあると思いますが、これは、小泉首相のイラク戦争支持を称賛するだけではなく、安保理決議なしのイラク攻撃は正当かというまっとうな議論をワイドショー的議論と切り捨てて、アラブ諸国との国益を無視し、一方的にブッシュ政権への協調（というより盲従）だけを国益と決め付け、さらにブッシュ政権に知日派が多いことを自慢し、今こそが従来のアメリカの政権では期待できなかった日本外交のチャンス到来などと、したり顔で語った記事です。

これを読んで私は、「公共性を欠いた外交の私物化」のお手本として永久保存版だとMLで批判したのですが、その時、非常に気になったのは、岡崎氏が自分の正しさを裏付ける決定的発言として、2人の東京大学の政治学者の名を出したことです。この2人は、駒場ではなく、本郷キャンパスでかなり重要な地位を担っている方々であり、私自身別に親しいわけでも、また私憤を持っている方々でもありません。また、読売新聞だけではなく、最近は朝日とか毎日新聞に顔を出す方なので、少なくともスコット・リッター氏並みの感覚はお持ちだろうと、今にして思えば幻想を抱いていたのですが、その後、皆さまのお手元にあるような、2003年3月5日に開かれた某研究所主催の「日米関係はどう変わるか」というタイトルの公開セミナーでの彼らの発言を読んでみると、実は全くそうでないことが判明しました。なお、実名を挙げるのはいくら同じ学部に属していないとはいえ、同じ大学に属している者として心苦しいので、名前の所は消してあります。それで毎日や朝日によく出てくる一人の東大教授は、こう述べています。

「—武力介入をしていくために国連の安保理決議が必要かどうかに関しては、イラクに対して国際社会の総意を示すのが望ましいが、不可欠とは思えない。国連安保理が新たな決議案を承認しないがために武力行使を中止したと仮定した場合でさえ、大量破壊兵器がテロリストグループに渡る危険性を削減する手段として、武力行使は査察の継続よりも有効だということができる。安保理の一部常任理事国が、アメリカの武力行使に拒否権を発動するのは、現在の国際秩序の維持に反対することを意味する。最後に、米国の武力介入に対し、日本はそれを支持すべきかどうかに関して、私は支持すべきだと信じる。早期の武力行使は査察継続より効果的だという議論から、日本は早期の武力行使を支持すべきだろう。—

要約すると、国際社会は早期の武力行使をすべきかという質問に関する私の答えはおそらく（英語ではきっぱりと）イエス。新国連安保理決議は必要かどうかには、望ましいが不可欠ではない。武力行使を日本は支持すべきかどうかにはイエスである」

これは、リッター氏の発言とあまりにも好対照をなす発言で、今から思えばその影響力の大きさと相まって、彼の政治学者としての判断力のでたらめさが糾弾されなければなりません。この教授は、実は『ワード・ポリティクス』という本で、何と吉野作造賞をもらっているのですが、こうしたご自身の言葉に対する責任をぜひ取ってもらいたいと思います。

またもう一人の教授は、北朝鮮問題を引き合いに出し、「米国は大変よい世界の警察官として今まで機能してきたし、アメリカ以外にその警察官の役割を負える国がない。人々を説得する一番の方法は、アメリカの支持が北朝鮮問題について必要であれば、イラク情勢ではアメリカを支持しなければならない、ということである。―日本のリーダーや政治家に期待するのは勇気を持って率直にアメリカを支持すべきであり、戦後の世界秩序構築のために日米同盟が重要なのだと国民に向かって語りかけるべきだと思う。それが、われわれが対イラク戦争で米国を支持する理由である」と断言しています。そして、このような自分たちの意見が朝日新聞に載るのは、自分たちが変わったからではなく、朝日新聞が変わったからであるということを誇らしげに語っています。何ともうぬぼれに満ちた、国民を愚弄《ぐろう》した発言ではありませんか。

北朝鮮の人権弾圧に関しては、私は過去の左翼知識人の言動も含めて徹底的に糾弾すべきだと思いますが、その脅威を徒《いたずら》にあおり、アメリカにたてつくのは怖いからアメリカの不当なイラク戦争まで支持せよというのは全くの論理のすり替えであり、おそらく天木さんが読んでもあきれると思われます。しかしこれが影響力の大きい東大教授の発言で、外務省のお粗末な外交の後押しをしたことを思えば、ことは深刻です。

私は東大法学部のことをとやかく言いたくはありませんが、明らかにこの教授の発言には、鼻持ちならないエリート史観を感ぜずにいられません。実際この方は、『エリート教育は必要か—戦後教育のタブーに迫る』という本を読売新聞社から出しておられますが、このような意味でのエリートなら要らないと、はっきり申し上げたいと思います。

さて、この3人の方々の外交論で露呈した欠陥をここではっきりさせておく必要があるでしょう。その欠陥とは、第一に、外交の主体は自分たちを含めたナショナル・エリートが行うものであり、国民の公共性による正当化など軽視していいという歪《ゆが》んだエリート主義です。

次に、国際法や国連よりも日米同盟が重要だから、どういう理不尽な行動を取ろうともアメリカにたてつくなという「長いものには巻かれろ」の恩顧主義です。しかしこの見解は、8月に私たちが公表した非戦声明で触れたように、日米安全保障条約が国連憲章の遵守を日本政府に義務付けていることを忘れたものです。また、この方々には、日本が被爆国であり、そのことを踏まえて発言するという視点が全く欠けています。そういう意味で、この方々はリッター氏の言う愛国主義者ではありません。学者としての特権を生かして、利害を超えた普遍的な理念を追求する姿勢が全く見られないのです。外務省との距離感を保って、平和などの普遍的な理念を考えることを全く放棄しているこの方々は、残念ながら御用学者と呼ばざるを得ません。

そして最後におそらく、この方々にとって最も致命的なのは、イラク戦争が現在のような悲惨な帰結を招くという結果に対するリアリティの感覚が全く欠けていることです。3月の時点で、私たち公共哲学ネットワークが出した声明の危惧が現在恐ろしいほど当たっているのに比べ、この方々は何と能天気なことでしょう。特に2人の先生方は、政治学者としての資質を疑われてもしょうがないと思います。リアリストが強調してやまない結果責任をぜひ自ら取ってもらいたいと思う次第です。

それと、時間がもうあまりないので簡単に済ませますが、この10カ月の間の読売新聞編集部の社説には、あきれ返りました。岡崎氏の論を堂々と1面に載せるぐらいですから、内容は推して知るべしですが、「米英の判断は正しかった」と言い張った（現在でも言い張る）責任は追及されて然《しか》るべきです。

では、外交をこのような歪んだエリート主義者たちや、その意見を載せ続ける大新聞に任せておけないとなれば、どうすればいいでしょうか。これは別の大きなテーマですが、少なくとも、理論的にも実践的にも外交の公共哲学なるものを発展させなければならないことだけは確かです。それは、外交がグローバルなレベルでの民《たみ》の福祉のためにあるという基本理念に立脚し、アマルティア・センなどが提唱している「人間の安全保障」の理念とも合致する哲学だと思います。また、NPOの方々に頑張っていただき、このような機会をできるだけ多く設けて、一般の人々との対話を促進するパブリック・インテレクチュアル（公共的知識人）の力もエンパワーしなければなりません。前途は多難ですが、大学人の責任を痛感する次第です。なお、これは右とか左とかいうイデオロギーの問題ではありません。大学人の質の問題です。

以上簡単ではありますが、天木さんのお話を補完すべく、お話をさせていただきました。

（2003年11月2日、東京大学駒場キャンパス900番教室で開かれた反イラク戦争集会にて）

※このスピーチは現在、千葉大学の公共哲学ネットワークのホームページに掲載されている

小論

サンデル教授から刺激を得て、彼が語っていないこれからの正義を語ろう

昨年（2010年）、日本の人文・社会科学界で一つの予期せぬ大きな出来事が発生した。それは、政治哲学者マイケル・サンデルの「ハーバード白熱教室」がNHK教育テレビで放映されて多くの視聴者の関心を呼び、そのもとになった彼の著作『これからの「正義」の話をしよう』（早川書房）が、この類いの本としては異例の60万部もの売り上げを記録したことである。それを受けて、8月25日に東京大学安田講堂で「ハーバード白熱教室 in Japan」が開催され、約250名の東大生を含めた800名以上の聴衆を相手に、サンデル教授が4時間を超える対話型講義を行い成功を収めたことも、東大史の一角に刻印されるであろう。

これほどの反響があった理由を私なりにまとめれば、日本では（1）大教室で学生に質問を投げ掛けながら対話しつつ進めるような対話型講義があまりなかったこと、（2）吉野作造、南原繁《なんばらしげる》、丸山眞男らの先達がいるにもかかわらず、政治哲学が未発達であったこと、（3）お裁きの正義ではなく、我々の日常生活に見いだされる正義というコンセプトに、多くの人々が覚醒させられたこと―などが挙げられよう。しかし、こうしたサンデル・ブームは日本だけに限らず、お隣の韓国でも同時発生し、ソウル大学での彼の講演では大講堂が超満員になったというから驚きである。

ともあれ、政治哲学が一部の学者だけの関心事ではなく、市民の誰もが関わることができるテーマだということを喚起した点で、このブームは大いに歓迎されよう。以下はそれを受けて、サンデル教授がまだ語っていない正義についての短い随想である。

思想史的に振り返れば、正義というコンセプトは、古代ギリシャから多様な意味で用いられてきた。トラシュマコスというソフィスト（当時の知識人）の「正義とは強者の利益である」というシニカルな正義論は、今でも例えば、イラク戦争を仕掛けたブッシュ前大統領が「正義」を強調した時、世界中の多くの人々が共鳴できるような現実味を帯びている。それに対抗して、プラトンやアリストテレスがそれぞれ展開した独自の正義論も、昔話ではないアクチュアリティを帯びている。しかし今回は、思想史の話にはあまり立ち入らず、現下の深刻な公共的争点を、正義論から照らし出すことにしよう。

まず、欧州連合（EU）では長らく廃止されている一方で、日本では80%以上の人々が廃止に反対している「死刑制度」から始めよう。死刑制度の是非を巡る論争は、一方が正義を重視し、他方がそれを軽んずるという問題ではない。それは、二つの異なる正義観の対立として図式化できる。すなわち、因果応報に立脚する「報復的正義（retributive justice）」を重んじる死刑存置論と、赦《ゆる》しと和解に立脚する「修復的正義（restorative justice）」を重んじる死刑廃止論の対立である。

報復的正義は、カントやヘーゲルをはじめ多くの哲学者が支持してきた正義論で、他者の命を奪ったものは自分の命を捧げることでしか正義は成り立たないという思想である。

それに対し修復的正義は、償いを前提とした加害者と被害者側の関係に焦点を合わせ、謝罪→処罰→赦しによる関係修復を目指す思想である。これは南アフリカの「真実和解委員会」などによって人口に膾炙《かいしゃ》した考え方なのだが、キリスト教的な「赦しと和解」の観念が弱い日本社会では、受け入れ難い正義論かもしれない。しかし、日本にもメジャーな宗教として仏教の伝統があるので、真正の仏教徒がこのテーマについて活発に発言し、論点を深めてもらいたいと思う。

次に「沖縄の米軍基地問題」はどうか。これは、日米安保を認めない論者にとっては、即刻不正義と裁断すべき事柄であろうが、日米安保を支持する多くの国民にとっても、避けることのできない「社会的公正＝分配的正義」に関わる大問題である。なぜなら、在日米軍基地の沖縄県の負担率が、国内全体の負担の4分の3近くを占める現状は、どう考えても不公平だからだ。従って、普天間基地移転問題は、辺野古に移転すれば片付く問題ではなく、日本国民が「分配的正義＝負担の公平」という観点から、突き詰めて考えなければならない深刻な問題といえる。NHKでぜひとも「これからの正義を語ろう in Okinawa」という番組を企画し、放映してほしいものである。

これからの正義の話はしかし、一国内のレベルにとどまることはできない。今後の国際秩序を考える上で、一国内の正義論を超えた「トランスナショナルな正義論」の展開が不可欠となる。地球的規模での経済格差をどう是正していくべきか、環境破壊にどう対処すべきか、地域間紛争をなくし、永続的な世界平和の構築や「人間の安全保障」をどのような形で実現するべきかなどのテーマは、ドメスティックな正義論では処理不可能だ。いや、場合によっては、複数の国家や国民が自らの正義だけを主張することによって、格差や紛争が拡大する危険な事態すら生じかねないだろう。従ってこれらの論考は、まだサンデル教授が語っていないところの、国家間ないし国民同士が協働で追求すべき「トランスナショナルな正義論」をベースとしなければならない。

私が思うに、こうした重いテーマを、率先して諸外国から来た留学生と共に語り合えるような学生を育てていくことこそ、これからの東京大学に課せられた大きな使命であろう。

(東京大学教養学部報2011年1月号)

健康と公共哲学

私が健康という言葉でまず思い浮かべるのは、ＷＨＯ（世界保健機関）の憲章に記された次の定義だ。「健康とは、単に疾病や病弱でないことではなく、完全な身体的、精神的、社会的 well-being（福祉）の状態にあることを意味する。人種、宗教、政治的信条や経済的条件によって差別されることのなく、最高水準の健康に恵まれることは、あらゆる人々にとっての基本的権利の一つである」

身体的健康と精神的健康と社会的健康の三つのレベルが統合されて初めて健康状態が実現する、というこの考えは、あまりに理想的過ぎるかもしれない。我々が生きる現実社会では、それとは正反対の身体的病、精神的病、社会的病が至る所に見られるからだ。

私事で恐縮だが、私は自分の力ではどうすることもできない難病で身近な女性を2人失ったことがある。一人は前の妻であり､病名はアミロイドーシスだった。もう一人は前に勤めた東京大学の同僚教授で、病名は昨年長い闘病生活の末に世を去った吉野ゆりえさんと同じ肉腫（サルコーマ）であった。この2人の病死に遭遇した時ほど自分の無力を感じたことはなく、精神的にかなり落ち込んだが、私の好きな哲学者カール・ヤスパース（初めは精神医学者）の「自分の力ではどうすることもできない限界状況に生きることが、実存的に生きることだ」という格言に支えられて、何とか危機を乗り越え、精神的健康を取り戻すことができた。私にとって、哲学がこれほど生きるために必要な精神力を回復すること、今流行《はや》りの言葉で言えばレジリエンスに役立ったことはないように思う。

その後の私は、比較的若く世を去ったこの2人の死を無駄にしないよう、難病にかかっている方々と付き合うようになった。車椅子生活を余儀なくされながら、慢性疲労症候群というミスリーディングな名前のために難病指定を得られないでおられる方々の会にもコミットした。その患者会は現在、慢性疲労症候群を「筋痛性脳脊髄炎（ＭＥ）」という世界的に共通の名前にするよう変更を求めている。星槎《せいさ》大学現副学長の細田満和子さんとはその会を通して知り合い、彼女が勤め始めていた星槎大学のことも初めて知って大変興味を覚え、定年後の再就職先に選んだ次第である。その会にコミットしていなかったら、私は星槎大学の存在すら知らなかったかもしれず、あらためて縁の力を感じている。

さて、私は今、星槎大学で「個人と社会の関わり方」を考える公共哲学の授業を受け持っているので、ＷＨＯの定義と関連付けながら、今度は精神的健康と社会的健康について少し考えてみたいと思う。私は日頃から、戦前に美徳とされた「滅私奉公《めっしほうこう》」、すなわち「個人や私生活を犠牲にして公に尽くす」ようなライフスタイルではなく、「個人一人一人を活《い》かしながら、公共活動や公共の福祉を開花させる」という意味の「活私開公《かっしかいこう》」というライフスタイルを推奨してきた。「滅私」の状態は、身体的にも精神的にも健康とはいえない。それに対し、「活私」は「精神的に健康」な状態を意味している。そして、それがさらに「開公」に連なると、人々の「社会的健康」を増進させることになる。それ故に、私が考える社会的健康は、まさに「活私開公」のライフスタイルに他ならない。

　とはいえ、これもどこまでも追求すべき理想の姿であって、残念ながら現代日本の「身体的病」と「精神的病」は多くの場合、「社会的病」と密接に関連している。知人の川人博弁護士が長らく取り組んでいる過労死と過労自殺はその典型と言ってよいだろう。これは、組織から「滅私奉公」的なライフスタイルを強いられた結果であり、この点でＷＨＯが規定する統合的健康とは正反対の、社会的病、精神的病、身体的病の統合が成立してしまっている状態といえる。私が思うに、こうした状態を改革するためには、あらためて健康と福祉観の変革が求められなければならない。WHOに影響力を持つノーベル経済学者のアマルティア・センは、所得や効用（主観的満足度）ではなく、個人の「生活の良さや質」を福祉well-beingと見なし、貧困を単なる物質的窮乏ではなくて「潜在能力の剥奪＝価値ある生活を送るための自由を奪われている」ことだと定式化した。彼のような福祉観とWHOが定義するような統合的な意味での健康教育が一般市民に普及し、それに見合う形の公共政策がなされることを私は切望してやまない。

（神奈川県医師会報No.810、2017年2月）

共生の哲学

今や「共生」という言葉が大流行《おおはや》りである。共生の文字が入った刊行物も続出しており、共生社会は文部科学省の公式文書でも取り上げられている。振り返れば、共生の語源は二つある。一つは生物学用語の symbiosis の訳語で、「異種の生物が行動的・生理的な結び付きを持ち、一所に生活している状態」(『広辞苑』第6版)を意味し、共棲とも書く。もう一つは浄土宗の「ともいき」から来る言葉で、亡くなった先祖の方々との「いのちの共生」という意味である。

思うに、生物学的用語には「片利《へんり》共生」という概念もあるし、寄生も共生に含まれるようなので、理想的人間社会の在り方として用いることは難しい。「ともいき」は素晴らしいけれども、現代社会に与えるインパクトが少し弱い。実際、この双方を受けて「〈新〉共生の思想」を提唱したのは国際的建築家の黒川紀章であり、彼は1980年代後半から晩年に至るまで、21世紀の世界秩序にふさわしい哲学として共生思想を喧伝した。

他方、こうした動向とは別に、障がい者の方々を含め、すべての人間が積極的に参加できる共生社会という概念が21世紀に入って広まった。私が勤める星槎《せいさ》大学は「人と人との共生」「人と自然との共生」「〈国と国〉ないし〈人と国際社会〉との共生」を理念に掲げており、特に特別支援教育には力を注いでいる。そうした背景を踏まえて、私自身が共生という言葉に託する今の思いを述べてみよう。

「人と人との共生」には、積極的な意味と消極的な意味がある。積極的な意味では「共福」と「共苦」という概念によって、共生の意味が強められなければならないと思う。共福とは、社会のみんなが幸福になれることを意味し、かつて宮沢賢治が『農民芸術概論綱要』で「世界全体が幸福にならないうちは個人の幸福はあり得ない」と述べたような含蓄を持つ。共苦とは、他人の苦しみを共有できることを意味し、ショウペンハウアーが『意志と表象としての世界』の末尾で唱えた「共苦による連帯」のような含蓄を持つ。この共福と共苦の感受性に支えられてこそ、積極的な意味での共生社会は可能になるだろう。

他方、消極的な意味での共生は、『論語』が謳《うた》う「和して同ぜず」の精神に基づく人間関係である。これは意見の違いを認めつつ、時には論争しつつも、仲たがいしない人間関係を意味する。同調せずに協調する精神だと言ってもよい。

そして、このような積極的意味と消極的意味の共生は、「〈国と国〉ないし〈人と国際社会〉との共生」にも適用できる。国家という枠を超えて共福を追求し共苦の絆をつくることは、現代の国際社会では必須であろうし、文化的、歴史的に大きく異なる国家同士の付き合いでは、「和して同ぜず」の精神で共生関係を保持ないし構築することも大切であろう。ちなみに私自身は、10年間ほどユネスコが主催する「地域（諸文化・諸文明）間哲学対話」に関わった経験を基に「WAの哲学」を唱えている。WARの正反対の概念としてのWAは、「平和の和と輪」を意味し、漢字文化圏に属さない方々にも大きくアピールできる。

WAは「和して同ぜず」を当然意味するが、それだけではない。日本語の訓読みである「和らぎ、和らぐ、和む、和やか」というソフトな意味も、「連帯や支援の輪」という力強い意味も含む包括的な概念といえる。「WAの哲学」を、積極的意味と消極的意味の双方を重ね持つ共生の哲学として位置付けながら、「日本発の現代哲学」として海外に発信し続けたいとあらためて思う。

（『星座』2017年7月号、かまくら春秋社）

あとがき

本書は、さまざまな動機が絡み合う形で成立した。成立の経緯は本書の構成と逆になっているので、まずそれを述べておきたい。

私は、生まれ故郷であり、特派大使を務める八戸市の日刊新聞『デーリー東北』に、2013年から15年まで月間コラム「私見創見」を執筆した。それらを一つ一つ読み返すと、いまだ賞味期限の切れていないものが多く、それを一つにまとめたいと思ったことが、最初の本書刊行の動機である。そしてそれは若干の微修正の上、本書第三部に他のスピーチや小論と共に収められている。

次に、私は昨年7月末に尊敬する民間の科学史研究家である猪野修治氏からのお誘いを受け、彼が長らく主催する湘南地方の研究会で、大学からの知的遍歴を初めて披露させられた。なぜ経済学から哲学へ転じたのか、ミュンヘン大学ではどういう経験と学問をしたのか、私が影響を受けた師や思想家は誰か、これまでに刊行した著作はどのようなモチーフで貫かれ、連続しているのか、特に公共哲学という学問にコミットして何を感じているのか、なぜ東京大学定年退職後に星槎《せいさ》大学に再就職したのか等々を語ったのである。その時の発表を基に、詳細に書き下ろされたのが本書第二部である。

そしてその研究会の際に、山形県出身の猪野氏から、ご自身の歩み・思想と私の歩み・思想を対峙《たいじ》させながらいろいろ突っ込みを頂いた上で、それ以前の私の遍歴（個人史）を知りたいという要望を受け取った。それ以前とは、私の幼少期から高校までの歩みである。

実を言えば、私は東京大学定年後に勤めている星槎グループの宮澤保夫会長との歓談や、10代から70代までの多様な方々が学んでいる星槎大学での授業を通して、面白かった幼少時代、自由奔放に過ごした中学校時代、自閉症気味に過ごした高校時代などを想い出し、その変遷をまとめたくなっていた。さらに、星槎大学同僚の三田地真実教授が私との合同授業（共生科学概説Ｉａ）の中で、受講者同士がそれぞれの自分史を曼荼羅模様に記しながら語り合う形式を取っていたことから刺激を受け、自分史を書きたくなり始めていた。そのような思いが高じ、猪野氏からの要望に応じて書き下ろされたのが本書第一部である。

さて、第三部の「私見創見」は16年9月4日付の相模原殺傷事件に関するコラムを特例として、15年12月までで終わっている。しかし16年から17年9月初めの現在に至る世界情勢は再び大きく揺れ動いた。振り返れば、英国の欧州連合（EU）からの脱退、アメリカのトランプ大統領の誕生、世界的なポピュリズムの台頭、北朝鮮のミサイル発射問題等々、論評したくなる多くの出来事が挙げられるが、紙数の関係上、ここでは論評できない。ただ疑いなく、以前にも増してグローバルな危機は増大しており、日本に住む我々市民も真面目に事態を受け止めなければならない。

本書で述べたように、公共哲学、そして共生哲学は、一般市民のためにある。そこが訓詁学的哲学と大きく異なる点である。それ故、市民からの積極的なアプローチが必要だ。また、グローカルな公共哲学は、「各自が置かれた現場や地域に根差しながら、地球的視野で公共的な問題を考える実践哲学」であり、多様な人々の居場所と出番を重視する。こうした考えに立脚しながら、私は、アカデミズムと市民社会の間を往き来することで、ささやかながら、今後も善き公正な社会を目指すことに貢献していきたいと思う。

最後に、本書の企画段階から相談に乗っていただいた石橋司さん、草稿に目を通して有益なアドバイスを下さった畏友柾谷伸夫君と元東京大学出版会の竹中英俊氏、石橋さんや柾谷君と共に本書の出版を祝う会を主催してくださる袴田健志、中村勉、類家伸一の各氏、本書の編集をほとんど1人で担われたデーリー東北新聞社の佐藤実生子さん、そして本書刊行の助成を賜った学校法人国際学園理事長であり、星槎大学現学長であられる井上一氏に、心からお礼申し上げたい。

2017（平成29）年9月吉日

山脇　直司

山脇直司氏の主な著書

『ヨーロッパ社会思想史』
(東京大学出版会、1992年)

『社会思想史を学ぶ』
(筑摩書房、2009年)

『公共哲学とは何か』
(筑摩書房、2004年)

『公共哲学からの応答
―3・11の衝撃の後で』
(筑摩書房、2011年)

『グローカル公共哲学
―「活私開公」のヴィジョンのために』
(東京大学出版会、2008年)

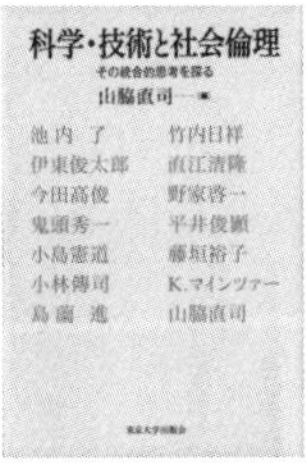

『科学・技術と社会倫理
―その統合的思考を探る』
(東京大学出版会、2015年)

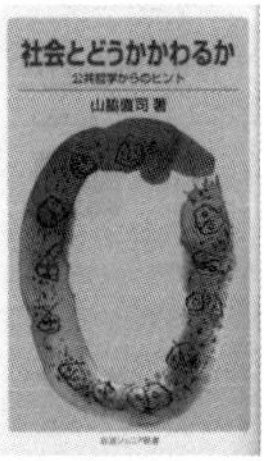

『社会とどうかかわるか
―公共哲学からのヒント』
(岩波書店、2008年)

『Glocal Public Philosophy』
(Lit出版社、2016年)

著者紹介

山脇　直司（やまわき・なおし）

1949年3月26日八戸市生まれ。イメルダ幼稚園、白菊学園小学校、八戸市立第三中学校、青森県立八戸高校を経て、67年4月一橋大学経済学部入学、72年3月卒業。上智大学大学院哲学研究科修士課程、博士課程を経て、78年4月〜82年3月ドイツのミュンヘン大学哲学部に留学、同年7月博士課程卒業（正式な学位記は、論文刊行後の83年12月取得）。82年4月〜86年3月東海大学文学部講師・助教授（准教授）、同年4月〜88年3月上智大学文学部助教授（准教授）、同年4月〜2013年3月東京大学教養学部・同大学院総合文化研究科国際社会科学専攻に助教授（准教授、〜1993年3月）・教授（同年4月〜）として勤務。2013年6月より東京大学名誉教授。同年4月より星槎大学教授、現在同副学長。

06年9月から八戸特派大使、13〜15年デーリー東北のコラム「私見創見」を執筆。

著書に『ヨーロッパ社会思想史』『包括的社会哲学』『グローカル公共哲学―「活私開公」のヴィジョンのために』『科学・技術と社会倫理―その統合的思考を探る』（以上東京大学出版会）、『新社会哲学宣言』(創文社)、『公共哲学とは何か』『社会思想史を学ぶ』『公共哲学からの応答－3・11の衝撃の後で』（以上筑摩書房）、『社会とどうかかわるか－公共哲学からのヒント』（岩波書店）、『経済の倫理学』（丸善）、『社会福祉思想の革新－福祉国家・セン・公共哲学』（かわさき市民アカデミー）、『Glocal Public Philosophy』(Lit 出版社) など多数。

本書出版を祝う会の発起人らと筆者（前列右から3人目）＝2017年8月、八戸市

私の知的遍歴 －哲学・時代・創見－

発行日　2017年10月28日

著　者　山脇　直司

発行者　荒瀬　潔

発行所　株式会社 デーリー東北新聞社
青森県八戸市城下 1-3-12
電話 0178-44-5111

印刷・製本　株式会社 中長印刷